プルーストへの扉

ファニー・ピション 著
高遠弘美 訳

白水社

プルーストへの扉

Published originally in the French language under the title:
"Proust en un clin d'œil !" by Fanny Pichon

This book is published in Japan by arrangement with Éditions First, an imprint of Edi8, through le Bureau des Copyrights Français, Tokyo.

プルーストへの扉　目次

〈注記〉

本文中の〔　〕は訳者注を示す。

はじめに

「プルースト早わかり」（本書の原題 *Proust en un clin d'oeil !* の直訳）などと言えば、それはあり得ない企てのように見えます。『失われた時を求めて』は三千ページからなり、五百人の登場人物がいる、文学史上最長の小説のひとつだからです。作者は自分の作品を大聖堂に喩《たと》えています。圧倒されるほど大きいのに、細部を見ると、この上なく精緻な彫刻が施されている建築物と言えばいいでしょうか。作品の長大さと微細さはどちらも『失われた時を求めて』の特徴ですが、ある種の読者はそのせいで読む気をなくしたり、さらにはプルーストは読みにくいと言ったりするのです。

ささやかながら本書の目的はそうした先入観を払拭することにあります。本書が目指したのは、作者がどういう人間だったかを説明し、作品のさまざまなテーマを駆け足でめぐり、厳選したたくさんの引用をちりばめ、基本的な主要登場人物を紹介することでした。ひとことで言えば、『失われた時を求めて』を読んでみたいと思っていただくこと、それに尽きます。自分の人生を変えた本として挙げられるものはごくわずかですが、『失われた時を求めて』はまさにそうした本に属しています。とはいえ、魔法の杖を振ったかのようにいっぺんに人生が変わることはありません。自らの人生を変えるためには少しばかりの努力が必要です。作者のプルーストが必死に書き続け、道半ばで斃《たお》れたのも私たちのためだったのですから。

本書が主として扱うのは、プルーストのもっとも重要な小説『失われた時を求めて』ということになります。この作品は、作者がほかの形で書いたものをそっくり含んでいます。『失われた時を求めて』はひとつの人生の小説であり、究極的な作品と言い換えてもいいかもしれません。プルーストの他の著作については、第一部の伝記的記述のなかで触れました。

みなさんは以下の三つの段階を経て、プルーストを発見してゆくことになります。プルーストの人生、『失われた時を求めて』の核心を占める部分、そして、プルーストの言語的表現ということですが、最後に、引用された小説の断章を検討するという作業が入ります。

忘れないでいただきたいのは、プルーストにとって、藝術作品というのは、藝術家固有の認識方法の力を借りてようやく入ることが許されるひとつの世界だということです。それでは、プルーストの世界に存分に浸ってください。

＊『失われた時を求めて』は左記の七篇からなっています。
「スワン家のほうへ」
「花咲く乙女たちのかげに」
「ゲルマントのほう」
「ソドムとゴモラ」
「囚われの女」
「消え去ったアルベルチーヌ」
「見いだされた時」

第一部

PREMIÈRE PARTIE

マルセル・プルーストとはどういう人間だったのでしょうか

家族

二つのほう——都会と田舎

マルセル・プルーストは一八七一年七月十日にオートゥイユで生まれました。オートゥイユはパリの静かな一角にあり、いまも村の面影を残す、街のなかの田舎のようなところです。オートゥイユに住んでいたのは、母方のヴェイユ家で、磁器商から実業家になった家系です。父親はシャルトルにほど近い田舎の村、イリエの出身でした（イリエは一九七一年、プルーストを記念して「イリエ・コンブレー」と改称されました）。イリエとオートゥイユは作家プルーストの頭のなかでひとつに結びつき、架空のコンブレーという村が生まれます。プルーストが将来書くことになる小説『失われた時を求めて』の主人公が休暇を過ごすのがコンブレーです。両親は、ユダヤの家系出身のジャンヌと、衛生学を専門とする医学部教授アドリアンで、異なる宗教の者同士が結婚したことになります。プルーストと二歳年下の弟ロベールは、カトリックの洗礼を受けました。彼らが育った家庭は共和主義を奉じるブルジョワで、教会に熱心に通うわけではありませんでした。

親から引き継いだユーモアの才能と衛生学の素養

プルーストは母親のジャンヌに深い愛情を抱いていました。教養があり、才気煥発で、巧みなユーモアの才能に恵まれた「愛しいお母さん」でしたが、作家プルーストは母のそんな才能も引き継ぐことになります。母と子の書簡は、どれを見ても、機智に富んだ言葉と優しいジョークに満ちています。蔓延するペストやコレラの撲滅に力を尽くした父親の影響は、恋愛を病にたとえて分析する未来の作家が駆使する医学的比喩に生かされています。

子どもの頃のプルーストは、祖母のアデル・ヴェイユにも親しみを覚えていました。アデルは優しく個性的で、ジャンヌと同じく教養があり、思いやりに溢れた女性でした。プルーストにとって祖父のヴェイユと大叔父のヴェイユも身近な存在で、祖父はプルーストにふんだんにお金を与え、大叔父は裏社交界の女性たち、女優と高級娼婦、なかでも人気の的だった女性ロール・エーマンにプルーストを紹介しました。

弟のロベールについても触れておきましょう。『失われた時を求めて』のなかに語り手の兄弟が出てこないからといって、父親と同じ道をたどり医者になる弟のロベールが兄マルセルと仲が悪かったと考える理由は何ひとつありません。

幼年時代と思春期

読書、喘息、恋愛、そして禁じられた花々

幼いころよりプルーストは大の読書家でした。ミュッセ、ピエール・ロチ、アレクサンドル・デュマ・ペール、テオフィル・ゴーチエの『カピテーヌ・フラカス』などをはじめとする多くの本を読んで

いたこともあって、ごく若いうちから作家になりたいと強く思うようになりました。パリの八区（凱旋門から東の区域で、大通り数本が通る商業・住宅地）で育ったプルーストにとって、モンソー公園とシャンゼリゼが遊び場でした。シャンゼリゼで出会ったマリ・ド・ベナルダキは彼の初恋相手のひとりです。虚弱な子どもだったプルーストは何度も激しい喘息の発作を起こし、大好きな山査子《さんざし》の香りを嗅ぐたびに息が詰まりそうになることに悲しみを覚えるようになります。

リセ・コンドルセと友情

当時、彼は中学から高校へと通いこそしましたが休みがちで、成績表には病欠が多いことが記されています。学業も、悪くないというだけで、とくに輝かしい成果を上げていたわけではありませんでした。プルーストが通ったのはリセ・コンドルセでした。そこで彼が親交を結んだ相手には、のちに政治家・批評家として活躍したレオン・ブルム、『カルメン』の作曲家の息子であるジャック・ビゼー（医師）、その従兄弟にあたるダニエル・アレヴィ（歴史家・批評家）、そしてロベール・ドレフュス（ジャーナリスト・作家）がいます。高校の文藝誌のために協力していたことからしても、彼らの友情が知的関心によって結ばれていたことは確かですが、少なくともプルーストにとっては欲望の入りまじった友情でもありました。実際、思春期を迎えるとすぐに、彼は男友達との友情に感情を昂ぶらせ、情熱的になり、手紙で友人たちに恋愛感情を示すようになります。やがて、ひとりの男性がプルーストの高校での学業にも、思想形成にも、影響を与えていきます。それが哲学教諭アルフォンス・ダルリュでした。

バカロレアを終えて

いざ社交界へ

バカロレア〔大学入学資格試験〕の次の夏、プルーストはアルマン・ド・カイヤヴェ夫人のサロンに招かれ、彼女に憧れていきます。それはパリの主要な文学サロンのひとつでした。彼はそこで、作家のアナトール・フランス、モーリス・バレス、シャルル・モーラス、未来の大統領ポワンカレ、政治家のジャン・ジョレス、ジョルジュ・クレマンソーらと出会います。水曜日のとくに親密な夜会で彼が食事をともにしたのは、作家のアレクサンドル・デュマ・フィス、エルネスト・ルナン、詩人のルコント・ド・リール、ジョゼ・マリア・ド・エレディアでした。とくにアナトール・フランスは、駆け出しの作家プルーストが進む文学の方向性を左右する重要な役割を果たします。

軍役

一八八九年、プルーストは軍役志願をして、オルレアンへ赴きました。男たちの無骨な友情に飾られた軍役時代の幸福な思い出を彼は生涯持ち続けます。プルーストは物腰が自然で、どんな社会階層の人たちにも親しみを感じさせる能力がありました。

学業

「彼に文学的資質があるのなら、法律を勉強させるべきです」。プルーストは、最初の自伝的小説『ジャン・サントゥイユ』で、主人公の父親の面前で法律の教授にこう言わせています。軍隊から戻ると、当然のように、学業をどうするかという問題が生じます。ブルジョワの家庭ではよくあることですが、哲学と文学の道に進みたい息子と、息子を法曹か外交官の職に就かせたい両親の間で対立が起こりました。プルーストは譲歩し、法律を勉強しますが、全く好きになれませんでした。同時に、一八七〇年に創設されたばかりの自由政治科学学院（パリ政治学院の前身）にも入りました。外交コースに登録し、アルベール・ソレル教授のもとで学び、国際関係、なかでも当時注目を集めていたフランスとドイツの関係に強い関心を抱くようになりました。プルーストは、国と国の同盟や権勢を振るう家柄の研究に情熱を注ぎ、それらについて未来の作品のなかで描くことになります。

若き作家

社交界のダンディの文学的デビュー

二十歳のとき、プルーストはパリ政治学院の学生でしたが、学校の友人たちが何人も寄稿していた「マンシュエル」誌に文章を載せるようになります。彼が書いていたのは、藝術批評や社交界通信、音楽批評、そしていくつかの小説など、多岐にわたります。ミュージック・ホールのコラム記事も担当していました。このことからして、彼が夜、頻繁に出かけていたことがうかがえます。ことに一八九一年の夏は日常的に外出していました（プルーストは夜、全く眠らなくなっていきます）。サラ・ベルナールとレジャーヌの舞台を実際に観る幸運に恵まれましたが、レジャーヌのほうがお気に入りだったようです。若き日のプルーストはファッションについてのコラムも書きました。ファッションに関して書くことで、自作の中心的なテーマとなる移ろいゆく時間というものを実感することになります。

一八九〇年代の前半、プルーストはこうした文学と社交を中心とした生活を送り、「ルヴュ・ブランシュ」誌、「バンケ」誌などの雑誌に寄稿する一方で、重要な出会いを経験します。その相手は、ダンディな詩人で、耽美主義者、美青年を愛するロベール・ド・モンテスキウ伯爵と、作曲家でピアニスト、歌手のレーナルド・アーンでした。レーナルド・アーンはプルーストの恋人となり、ともにブルターニュ（ベグ・メイユ、ベル・イル島）へ旅行に行きました。さらに作家のアルフォンス・ドーデやその息子であるレオンとリュシアンとの出会いもありました。やがてリュシアンがプルーストの恋人になります。少しずつ、登場人物の肖像がギャラリーの絵のように連なり、未来の作品のそこかしこにちりばめられていきます。プルーストは音楽と藝術に関して鋭敏な鑑識眼をもった犀利な批評家として頭角を現すようになりました。この能力はのちに書くことになる小説でも活かされます。ガブリエル・フォーレやサン・サーンスと知り合ったことは、『失われた時を求めて』で音楽家ヴァントゥイユと彼の作曲したソナタを描く上で、重要なヒントになりました。

二十代のころから、プルーストは絶えず質問ばかりする好奇心旺盛な人間、豊かなユーモアの才能をそなえながらも種々雑多な趣味をもつダンディで、人の輪のなかにいるのが好きな社交人だと思われていました。その様子は、まるで蝶がつねに注意深く様子をうかがいながら、花から花へと飛び回るようでした。しかし、すぐにこの青年は、こうした極端に社交的な生活を送ってばかりいては自分の天職の邪魔になることに気づき、自分の文学に対する情熱だけでは、教養はあるにしても素人の道楽仕事の域を超えるものを生み出すことはできないのではないかと恐れるようになります。

世紀末文壇におけるプルースト

批評的著作とエッセイを通して、マルセル・プルーストは、かなり早くから同世代の作家たちの間では何らかの影響を受けず自由電子のように行動する姿勢を保っていました。彼は、あまりに物質主義的に過ぎるという理由で、エミール・ゾラを中心とする前の世代が打ち立てた自然主義運動を拒絶していました（アルフォンス・ドーデ本人には親愛感を抱いていましたが、その作品は好きではなかったのです）。同世代の若者たちとは異なる独自の立場に立っていましたから、ステファヌ・マラルメを中心に集まった象徴派と呼ばれた一八九〇年代の前衛運動には加わりませんでした（とはいえ、マラルメの仕事についてきちんと理解していましたし、正しく評価してもいます）。

若き批評家プルーストは、象徴主義詩人は晦渋さと偽りの神秘性を持ち込むことによって詩を謎々遊びにしてしまっていると批判しました。もっとも象徴主義詩人からすると、言語がまとう卑俗な姿の背後にある真実——説明するより暗示や仄めかしを必要とする真実に光を当てようとして、詩を音楽のすぐそばに位置づけたのでしたが。アンドレ・ジッドはマラルメと近い立場にありましたから、一九一二年にガリマールに送られてきたプルーストの原稿を拒絶した裏には、プルーストが象徴主義に下した批判を許すことができなかったという事情があるかも知れません。若い頃のプルーストは、むしろアナトール・フランスを師と仰ぎます。フランスはある種の古典主義的作風を持ち、心理分析と精神分析にたけ、風俗とスノビスムをバルザックのように描写した作家です。プルーストはアナトール・フランスの着想や文体や瑞々しい想像力を讃え、自分の作品を書いている間はもちろん、生涯にわたって、フランスから学んだ着想や文体、想像力を練り上げていったのです。

『楽しみと日々』と決闘

『楽しみと日々』はプルーストが一八九六年六月に出版した最初の本です。その夏、彼はレーナルド・アーンと別れますが、その後も生涯、友人としてつきあいを続けました。『楽しみと日々』の初版に含まれているのは、中編小説七編と散文詩、韻文詩、絵画の描写（プルーストはルーヴル美術館に通いつめていました）、アーンの楽譜、種々の模作、ラ・ブリュイエール（フランスのモラリスト。一六四五〜九六年。主著は『人さまざま』）流の人物描写《ポルトレ》や格言です。作者プルーストはその後もずっと断章形式を重要視していました。この本には、画家マドレーヌ・ルメールの挿絵が添えられています。ルメールは花の画家で、モンソー通りの大きな邸宅で選りすぐりの人々が集うサロンを開いていました。本の序文はアナトール・フランスが書きました。この本は立派な美術品でもあったので値段が高く、ほとんど売れませんでした。この本に関する作家ジャン・ロランの悪意に満ちた批評を読んだプルーストは彼に決闘を挑みましたが、ふたりとも怪我をせずにすみました。プルーストは臆病者ではなかったので、決闘というこの古めかしい手段に訴える直前までいったことが実は何度もありました。

『ジャン・サントゥイユ』

同じころ、プルーストは、自分自身の体験から着想を得て、主人公の遍歴と成長を描く、いわゆる教養小説を執筆します。ゲーテの『ウィルヘルム・マイスター』とフローベールの『感情教育』をはじめ、当時夢中で読みあさり、細かなところまで知りつくしていたバルザックの作品からも影響を受けた作品です。また、ドレフュス事件の起こった時代に、この事件に言及した小説はプルーストのこの小説とアナトール・フランスの『現代史』のみでした（プルーストはこの時期、母親と同じく、またリセ・コンドルセと自由政治科学学院の多くの友人たちと同様に、ドレフュス大尉の無罪を熱狂的に支持していました）。

この小説は九百頁以上の量に達していたのですが、タイトルもなく未完のまま放棄されます。ガリマール（プルーストの友人でもあったガストン・ガリマールによって、一九一九年に創業されたフランスを代表する出版社。前身はジッドらが編集していた文藝雑誌ＮＲＦ《エヌ・エル・エフ》）社がノートと断章を集め、配列を整え、主人公の名前ジャン・サントゥイユをタイトルにして刊行したのは一九五二年のことでした。この作品には、『失われた時を求めて』で深化されるあらゆるテーマの萌芽が見られます。

ジョン・ラスキンの翻訳と旅行

プルーストの情熱はいつも長続きすることがありませんでした。一九〇〇年頃、プルーストは教養小説を書くのをやめ、あらたな熱中の対象を見つけます。それがジョン・ラスキンでした。ラスキンは英国の作家・美術批評家で、プルーストの美学形成に大きな影響を与えました。フランスの作家として、プルーストはとくに中世の建築に関するラスキンの著作に関心を抱きますが、英語が得意ではなかったので、母親と友人たちに手伝ってもらい、『アミアンの聖書』と読書論でもある『胡麻と百合』の翻訳を刊行しました。

プルーストは協力者たちが英語原文から逐語訳したフランス語原稿の文体を整え、原文の分節法《フレージング》や美しい響きと内容を可能な限り再現するように努めました。ラスキンの研究のために、プルーストはフランス各地の大聖堂を巡り、次いでヴェネツィアへ旅します。プルーストがラスキンから学んだのは、藝術家とは日常生活のあらゆるもののなかに美を見出す能力に恵まれた、万物の「翻訳者」であるという考えでした。プルーストにとって、藝術家の仕事とは、私たちに物の見方を教えることだったのです。

『胡麻と百合』の序文で、プルーストは読書に関する自分の理論を提示しました。読書は、読者がひとりで考える足がかりとして役に立つはずの一時的な受動の時間であるというものです。ですから、出版社からラスキンの他の作品の翻訳を依頼されたとき、プルーストは、もしそれを引き受ければ、自分自身について全く何も書かないまま死ぬことになるからと言って断ります。読書はそれ自体が目的なのではなくて、そこから出発して何かを生み出すものでなくてはなりません。これら二冊の翻訳と、そこに附されたプルーストによる序文と註は、批評家に好意的に迎えられました。

オランダ絵画

ラスキンに対する情熱が冷めた頃、一九〇二年に、プルーストはベルトラン・ド・フェヌロン（プルーストが恋愛感情を覚えていたもうひとりの友人であり、『失われた時を求めて』のサン・ルーのモデルのひとりです）と一緒にオランダへ行きました。英国の批評家ラスキンは北ヨーロッパの大画家たちを評価しませんでしたが、プルーストはフランス・ハルス、レンブラント、そしてフェルメールに限りない賞讃の気持ちを抱いていました。フェルメールは日常生活のそこかしこから美と精神性を引き出すことができた画家ですが、そこにこそプルーストがフェルメールをこよなく愛する理由がありました（プルーストがシャルダンの静物画を愛したのも同じ理由からです）。

『失われた時を求めて』でこのようなフェルメールに対する愛着を持つ登場人物はスワンと作家ベルゴットです。ベルゴットにいたっては、展覧会で『デルフトの眺望』を見ながら息絶えます。

個人的な悲しみ（二十世紀初頭）

貴族社会における恋と友情

相思相愛なるものが存在することは知っています。しかし、残念ながらそこに至る秘訣がわかりません。――書簡二十世紀初め、ひとつの世界、つまり国籍に縛られない貴族階級が織りなす社交界が終焉を迎えました。教養豊かで、藝術を愛していた裕福な貴族階級は、目前に迫った戦争のことなど考えてはいませんでした。プルーストが社交界に出入りできたのは、持ち前の才気あればこそ。というのは、彼の社会的階級も、服装も、自宅のインテリアも、上流階級の人々と交友関係を深めるには十分なものではなかったからです。

プルーストと親交があったのは、ベルトラン・ド・フェヌロン、ヤン・ド・カサ・フェルテ、アンナ・ド・ノアイユ、アントワーヌ・ビベスコ、エマニュエル・ビベスコ、コンスタンタン・ド・ブランコヴァン、ダルビュフェラ公爵、ギッシュ公爵アルマン・ド・グラモンといった、要するにヨーロッパの上流貴族階級の人たちでした。プルーストが男友達に抱いた感情は、ほとんどが恋愛感情の入り混じったものでしたが、報われたことはありませんでした。矛盾しているようですが、プルーストは女性を愛する男性的な男性に惹かれました。彼は男性を誘惑するために、生涯、何度も同じ策略を用いることになります。つまり、その男の妻や愛人に恋をしているふりをするのです。

たとえば、ダルビュフェラ公爵とその愛人の女優ルイザ・ド・モルナンの場合がそうでした。嫉妬が公爵の自分への愛をかき立てると信じて疑わなかったので、彼女に恋をしているふりをしました。実際、誰の目にもレーナルド・アーンと恋愛関係になっていると見えるようなときでも、新しい友達には自分の同性愛的性向を隠していました。何より両親を苦しめたくなかったのです。彼の女性に対する愛情はといえば、賞讃や理想化、幻惑状態に近い感情で、官能の欲望はまったくありませんでした。

「かわいそうなお父さん*」

*書簡より

二十世紀のはじめ、プルーストの私生活は暗いものとなりました。恋愛相手もいなければお金もなく、両親の住居を離れることができませんでした。家賃を払うすべがなかったのです。弟は結婚して家を離れていました。一九〇三年には父親のアドリアンが脳出血で急死します。父親はトイレで倒れているところを発見されたのですが、そのひどい状況にプルーストは断腸の思いを抱きます。葬儀には医学アカデミーのあらゆるメンバーが集まりました。また、フィガロ紙の一面にアドリアン・プルーストを偲ぶ追悼文が掲載されました。罪悪感がプルーストの心に重くのしかかります。彼は「自分が父親の唯一の心配の種だったと感じて後悔」(書簡)していました。

未完成の仕事と自分の素行、社交界への出入りで無駄にした時間、自分の健康状態などのせいで両親に心配をかけ、つらい思いをさせていたことを、プルーストはいつも悔やんでいたのです。彼は出版を待ちわびていた父親に、『アミアンの聖書』を捧げました。

「大聖堂の死*」

*エッセイのタイトル

ドレフュス事件以降、プルーストが政治の世界について自分の意見を公にすることはそれほど多くはありませんでした。政教分離法〔一九〇五年に公布〕がきっかけとなって、彼は再び新聞に記事を書くことになり、とくにアリスティード・ブリアンが起草した法案、いわゆるブリアン法案のある条項に反対しました。その条項によると、国家が大聖堂を転用して、「美術館にも、講演会場にも、カジノにも」することができるとされており、プルーストはそれを嘆いています。熱心な信者というわけではありませんでしたが、大聖堂の文化的な機能と大聖堂個々の美を切り離すことができなかったのです。

病人の生活

当時、プルーストは、喘息で具合が悪く、ほとんど外出しませんでした。自分自身で、喘息を神経症と捉えていたので、薬を処方してくれる医者に来てもらうことを拒否していました。銅製のベッドに横たわり、吸入器と麻酔薬を使う重病人の生活を送り始めます。医者の診療を受けながら、これから書く予定の作品のために必要な、現代医学のあらましを学びました。当時の最新医学は心身医学の方向に向かっていました。驚くべきことに、プルーストはフロイトについて何も知りませんでした。しかしながら、二十世紀の初め、大流行していたフロイトの見解にはときに、プルーストの直観にかなり近いものがあります。

ヴァカンスでどこかへ出かけるとき、プルーストは次の三つの基準で行き先を決めました。すなわち、喘息の発作を鎮められる場所であること、仕事ができる場所であること、親しい人たちが傍にいること。ノルマンディーの海岸であれば、少なくとも、保養に来ている友達に欠くことはありませんでした。

話題をさらったある結婚

健康状態が悪かったにもかかわらず、彼は一九〇四年の十一月に例のギッシュ侯爵アルマン・ド・

グラモンとエレーヌ・グレフュールの結婚式に赴きます。最近、その結婚式の映像が見つかりました。動いているプルーストの映像は初めてです。このフィルムを見て、プルーストの愛読者たちは、ビデオの男性がサン・ジェルマンの貴族とともに招待される客としてはあまりに質素で、飾り気のない服装をしているので、さぞかし驚いたことでしょう（検索サイトで「プルースト　動画」と検索すると出て来る一分あまりの映像。三十五秒くらいからよく見ると、階段を駆け下りてくる青年が映っているが、それがプルーストとのこと）。

「愛しいお母さん」の死と服喪

一九〇五年頃のプルーストは、病気のせいでたいてい家にこもりきりで、本人が手紙に書いているように、「休息したり、読書をしたり、お母《ママ》さん《ン》と仲睦まじく過ごしながら一生懸命仕事をしたりするという、とても穏やかな生活」を送っていました。不幸なことに、二人の生活は母ジャンヌの死で中断されることになります。彼女は尿毒症の発作を起こした後、一九〇五年九月二十六日に他界しました。喪に服したプルーストの悲しみは長くつらいものでした。

その年の冬、彼は、サナトリウムで療養する決意をようやく固めます。療養が苦痛を与えるに違いないと思いつつも、生前の母ならきっと喜んだはずのその道を選んだのです（習慣を変えること、とくに部屋を変えることは毎回、厳しい試練にほかなりませんでした）。結局、母親の死後一年経ってから、彼は引っ越しをすることにしました。といっても、それはオスマン大通り一〇二番地にある、家族にゆかりのある建物に戻るためでした。そこは、かつて大叔父が住んでいたこともあって、母親の思い出につながるアパルトマンだったのです。そのアパルトマンには、家具はわずかで（家具があれば埃が出て、喘息の発作が起こります）、ほとんど装飾も施されておらず、一九一〇年からは、外界の音を遮断するために、部屋の壁はコルクのパネルで覆われることになりました。

豪奢な時代——ベル・エポック

ノルマンディーの発見（カブール、一九〇七年～一九一四年）

一九〇七年の夏、プルーストはギッド・ジョアンヌ（戦後のギッド・ブルーの前身である旅行ガイドブック）をあれこれ読みながら、ブルターニュ、カブール、トゥーレーヌ、ドイツ、パリのどこでヴァカンスを過ごすか迷っていました。カブールには、新しい超高級ホテル、豪華で近代的な設備の整ったグランド・ホテルが建てられたばかりでした。プルーストは以後、一九一四年まで毎年のように、カブールに滞在することになります。一九〇七年の夏、カブールで奇蹟が起こりました。二年間ベッドから離れたことのないプルーストが何度も小旅行を重ねるようになったのです。それは、当時の偉大な発明、つまり自動車の魅力の発見でもありました。プルーストは自動車の虜になりました。そのことは一九〇七年十一月にフィガロ紙に発表され、『失われた時を求めて』にも挿入されることになる記事「自動車旅行の印象」にもうかがえます。

ロスチャイルド家が運転手付きの車のレンタル事業として、最初のタクシー会社、タクシーメートル・ユニック〔直訳すると「均一料金のタクシーメーター」〕。低料金を印象づける命名〕を設立します。リセ・コンドルセ時代の級友、ジャック・ビゼーがその会社の経営にあたっていました。プルーストは自動車整備士《メカニシャン》（運転手は当時このように呼ばれていました）に運転してもらい、このタクシーでノルマンディー各地（ディーヴ、バイユー、ポン・トードメール、リジュー）とその教会を回りました。自動車整備士は彼の人生にとって大きな役割を果たすことになります。それがオディロン・アルバレとアルフレッド・アゴスティネリの登場でした。こうしたドライブを続けながら、プルーストは、そこかしこで見た絵画やステンドグラス、木や光を、写真で撮るように正確に頭のなかに刻みつけ、その驚くべき記憶力によって自作に移し替えてゆきます。

浪費家で夢想家のプルースト

毎晩、プルーストはカジノに行き、たいてい、バカラの賭けで負けていました。株式市場の投機に加えて、賭け事に熱中していたせいで、相続した財産は目に見えて減っていきました。彼は証券取引所で銘柄に応じて株式投資をしては、ランド地方の松材会社とかメキシコ鉄道、あるいはタンガニーカ鉄道という名前によって喚起される夢想に耽っていました。

ヴァカンスで知り合った友人たち

プルーストは使用人たちとつきあいがありました。もともと庶民階級と気が合うからというだけでなく、彼らは小説の執筆に役立つ情報の宝庫だったからです。毎晩、従業員と一緒にチェッカーやドミノゲーム（プルーストは単純なゲームが好きで、チェスにはうんざりしていました）をしにゆき、多額のチップと引き換えに、従業員から宿泊客のゴシップを教えてもらいました。そのうえ、海浜のリゾート地では、花咲く乙女たちを思わせる新たな友人のグループとも親しくしていました。このグループは、将来、技師になるブルジョワ出身の青年たちで構成されていて、そのなかにはマルセル・プラントヴィーニュがいました。彼はそこで若い娘たち、ダルトン姉妹とも頻繁に会っていました。まるで、小説の語り手のアルベルチーヌに対する振る舞いを試みるかのように、彼女たちに言い寄るふりをし、宝石を贈りました。最後に触れておきますが、カブールは、ナビ派（十九世紀末の絵画運動のひとつ。ゴーギャンに倣って、激しい色使いで注目を集めた。ピエール・ボナールやモーリス・ドニなどが有名。「ナビ」はヘブライ語で「預言者」の意）の中心的画家エドワール・ヴュイヤールと頻繁に会う場にもなりました。プルーストは、この画家から「ねえ、そうでしょう」とか「やつ」という言い回しを、『失われた時を求めて』の作中に登場する画家エルスチールの口癖として取り入れます。

『サント・ブーヴに反論する』（一九〇八年～一九一〇年）

長い間、プルーストが作品を書いていた時期は、謎に包まれていました。一八九六年に出版された『楽しみと日々』と一九一三年に出版された『失われた時を求めて』第一篇の間に発表されたのは、二つの翻訳といくつかの新聞と雑誌の記事のみでした。二つの年を隔てるこの十七年もの間、プルーストは暇に飽かせて社交に耽っていただけだったと誰もが考えたのは当然だったでしょう。ところが、九百頁もある若書きの小説『ジャン・サントゥイユ』が発見され、一九五二年に初めて出版されたのです。

もうひとつの作品も遅すぎた死後出版となりました。それが、一九五四年に出版された『サント・ブーヴに反論する』です。実際に書かれたのは、一九〇八年から一九一〇年までの間です。このように出版が遅れたのは、断章として書かれ、一本筋の通った書き方になっておらず、中断されたかと思うと再開されたり、修正されたかと思えば加筆がなされたりするといったプルーストの文章そのものから説明できます。草稿はさまざまな内容を含み、統一性を欠き、このテキストがどういう種類のものなのか特定できませんでした。プルーストと当時の親友ジョルジュ・ド・ローリスとの書簡のおかげで、『サント・ブーヴに反論する』の生成過程がわかり、全体を再現することができたのです。この作品には、十九世紀後半の文壇で強い影響力を持っていたアカデミー会員の文藝批評家サント・ブーヴの方法に異議を唱える試論が入っています。プルーストは、作家の作品を伝記から理解しようとするサント・ブーヴの方法を批判しただけでなく、この試論で、サント・ブーヴが過小評価したバルザックとボードレール、ネルヴァルを高く評価したのです。

しかし、『サント・ブーヴに反論する』は批評的作品として成立しているだけでなく、『失われた時を求めて』のもとになる小説テキストの試作の場でもありました。たとえば、目覚めと寝室、同性愛者、母親などに関する文章も収められています。こうした小説の文章は、他の草稿帖《カルネ》でさらに発展していった結果、最初は小さな流れだったものが、やがては大きな流れになっていきます。

現代藝術の愛好者

プルーストは古典の豊かな素養がありましたが、近代作家であることに変わりはなく、同時代にも関心を向け、前衛運動にも理解を示していました。文学の分野ではモダニズムを代表する作家のひとりとされています。一九二二年に世を去るまで、戦前も戦争中も、戦後になっても、プルーストは、時代ごとに生まれてくる新しい藝術のただ中にいました。具体的に言えば、絵画がそうであり(プルーストはピカソに会ったことがありますが、残念ながら、肖像画を描いてもらうことはありませんでした)、音楽がそうであり(彼はストラヴィンスキーと頻繁に会う傍ら、ドビュッシーの『ペレアスとメリザンド』に夢中になっていました)、文学も(作家プルーストはジャン・コクトーの親しい友人でした。アンドレ・ブルトンは『失われた時を求めて』の校正を担当しましたが、その直しは誤りだらけでした。ジェイムズ・ジョイスとプルーストは会いこそしましたが、理解し合うことはありませんでした)、舞踊も(彼は何度もバレエ・リュスを観に行っており、ディアギレフとニジンスキーと夕食の席をともにしました)、写真も(有名なマン・レイが死の床のプルーストの写真をとりました)、同様に新しい藝術として開花して行った時代に生きたのです。

戦争直後に、友人のコクトーにキャバレー「ル・ブッフ・シュール・ル・トワ」(コクトーの著書『屋根の上の牛』の書名にもなっています)に連れて行かれたとき、プルーストは、すでに自分の感覚が時代遅れになっていること、歳をとりすぎていて、自分が子ども時代と青春時代を過ごした前世紀末の思い出に生きているだけだということを痛感しました。

ワグナーを……電話機を通じて（テアトロフォン）

いつも健康状態が悪く、また戦時下だったにもかかわらず、プルーストは偉大な藝術家たちに関する知識を深めながら、藝術の新たな手法を探求していました。一九一四年に、ワグナーのオペラが公有財産《パブリックドメイン》になり、バイロイト音楽祭以外でも演奏されるようになると、プルーストはテアトロフォン（十九世紀末に発明された。劇場の音楽を電話線を通じて「ステレオ」で聴くことができた）を申し込みました。オペラは国立劇場（オペラ・ガルニエ、シャトレ座、スカラ座）から配信され、自宅にいながらにして電話で聴けるようになりました。ベッドに寝たままの人間からすれば、便利というほかありません。確かに、音質自体は今日のラジオとは比較になりませんが、プルーストは、音質で劣る部分は、作品に関する自身の記憶によって補いました。

罪なき悪癖「こっちへおいで」*

*娯楽として大衆的シャンソンを聴かせるカフェ・コンセールの人気曲

古典から前衛まで、一流の文化を愛したプルーストですが、それとは別に、ミュージック・ホールやカフェ・コンセールが大好きで、レーナルド・アーンと連れ立って、よく通っていました。なかでも、十区のレシキエ街にあったカフェ・コンセール、「コンセール・マイヨール」には定期的に行っていました。そう、「こっちへおいで《ヴィャン・プープール》」を歌った作者兼歌手といえばご存じの方も多いフェリックス・マイヨールが出演していた店です。

『失われた時を求めて』——死ぬ前に書く（一九一三年～一九二二年）

小紙片《パプロール》と大聖堂のような小説

プルーストは小学生が使う学習帳一杯に文字を連ね、それが『サント・ブーヴに反対する』として纏《まと》められる文章になっていきます。彼はそこに修正と加筆を施し、ページの余白がなくなると、小さな紙切れ（パプロールと言います）を各ページに貼りつけ、パプロールとパプロールが次々につながっていった結果、大作『失われた時を求めて』となりました。『失われた時を求めて』はただ一冊からなるはずでした。全体でひとつだからです。しかし、さまざまな時代に建築された痕跡を今に残す教会や宮殿がそうであるように、この作品は内部から膨張を続け、出版上の理由から最終的に七篇になりました。

一九一一年、第一篇「スワン家のほうへ」の原稿が完成します。第二篇分を含む多くの手帖《カルネ》が文字で埋めつくされるとともに、最終篇「見いだされた時」のあまたの草稿が書かれました。小説の最初と最後が同時期に書かれたことになります。膨らんだ中央部分で書かれることになる材料を提供したのが二つの出来事、つまり、アルフレッド・アゴスティネリの死と戦争でした。八年間で作品は千五百ページから三千ページまで増大します。

「スワン家のほうへ」刊行に至るまでの困難

一九一二年には「スワン家のほうへ」を出してくれる出版社を探さなくてはなりませんでした。ＮＲＦ《エヌ・エル・エフ》〔ヌーヴェル・ルヴュ・フランセーズ「新フランス評論」〕誌は、一九一〇年〔実際には一九一一年三月〕以降、当時三十一歳のガストン・ガリマールが出資して社主となった出版社に変わっていました。文学部門の責任者がアンドレ・ジッドでした。一般にＮＲＦ社と呼ばれた同社はプルーストにとって、当代最高の知識人が結集した出版界の華と言うべき存在でした。そこで彼はＮＲＦ社に原稿を送ります。ところが同社からは断りの手紙が届きます——それも、長すぎるという理由で。実際には決定権を握っていたジッドが依然として、プルーストのことを、「フィガロ」紙に書くような世俗的な作家と判断していたからでした。

プルーストはめげずに、今度はオランドルフ社に原稿を送ります。しかし、オランドルフ社は作品の革新性をまったく理解しようとせず、ベッドで輾転反側する男の話にすぎないと決めつけます。かくしてプルーストは自費出版なら引き受けるという返事をくれたグラッセ社に任せることにしました。『スワン家のほうへ』は一九一三年の秋、版元の華々しい宣伝とともに刊行されました。リュシアン・ドーデ、ロベール・ドレフュス、ジャン・コクトーといった友人たちが賞讃の記事を書きます。その年の三月にシャンゼリゼ劇場を開設しながらも八月に破産したジャーナリストで興行主のガブリエル・アストリュクは、プルーストの小説が自分を自殺から救ってくれたと語ります。むろんその逆もあって、ジャック・ビゼーの母親で、プルーストが若い頃から親しくしていたストロース夫人のように、何年経っても最初の六ページしか読まなかった人もいたのですが。

一九一四年になると、NRFの俊英で、編集委員会の一員だった若い批評家のジャック・リヴィエールがプルーストを絶讃したこともあって、ガリマールはプルーストを自らの陣営に引き入れようとします。ジッドは自身の過ちを認める手紙を書くことになります。「ここ何日も私はあなたの御本を手放すことができません。ああ、この本を愛することがどうしてこれほど苦痛を伴うのでしょうか。（略）御本の出版をお断りしたことはこれからもNRF社最大の過ちとして残るでしょう。そしてそれは（その大半の責任が私にあることを恥じているがゆえに）私の人生でもっとも辛い後悔と悔恨のひとつとなるに違いありません」（一九一四年一月十一日附書簡）

状況は百八十度変わりました。ほぼ同じ時期に『法王庁の抜け穴』を出版した作家ジッドが自分のために、何と「フィガロ」紙に記事を書いてくれるようプルーストに頼んだのですから。二人の文学の巨星はその後、真摯な友情や賞讃を互いに示すことはありませんでした。社会における同性愛の占める位置という、二人を近づけたかもしれない視点においても一致することはなかったのです。戦争中、グラッセ社が営業休止したことに加え、ジャック・リヴィエールの友情と誠実さと批評家としての才能、さらにはガリマールの商機を逃さない手際の良さが発揮されたお蔭で、プルーストの作品はNRF社という一流の出版社から刊行されることになります。当初は、一九一七年に「スワン家のほうへ」の改訂版刊行。残りは戦後になってからという予定でした。

アゴスティネリ

その間、プルーストの私生活では、作品に痕跡を残すことになる愛憎劇がありました。カブールでプルースト専従の運転手をつとめた人物で、タクシーメートル・ユニックというタクシー会社の従業員だったアゴスティネリです。一九一三年、会社を馘《くび》になったアゴスティネリは、あの親切なムッシュー・プルーストに助けを求めます。いつも多額のチップをくれるので、自分のことをたいへん気に入っていると思ったのです。プルーストは援助をすることにして、パートナーのアンナ（結婚していたわけありませんが、正式の夫婦として振る舞っていました）も一緒にパリに迎え入れ、アゴスティネリを秘書として雇い、そして、恋に落ちました。

アゴスティネリは女性を愛する男でしたが、二十世紀初頭の偉大なる発明、すなわち飛行機に夢中でした。気前のいい主人は彼に飛行機操縦の訓練をさせ、プレゼントをふんだんに贈りました。プルーストのうちに、すこぶる強力な感情的従属関係が生まれます。それは嫉妬と、いつ去られるかわからないという恐れによってかき立てられる、複雑な感情でした。アゴスティネリは自分の置かれた立場を利用して家族にお金を送っていました。庶民階級の恋愛においては経済的困窮が愛の苦しみを倍加させると、プルーストはのちに書くことになります。

プルーストとしては、別離を防ぐ方策をいろいろ講じていたのですが、「スワン家のほうへ」の出版と同じ頃、一九一三年十二月一日、アゴスティネリとアンナは逃げ出しました。プルーストはアゴスティネリの友人のアルベール・ナミアに頼んで、行方を調べさせ、裏取引をし、戻ってくるよう交渉させましたが、失敗に終わりました。経済的理由では説得できなかったのです。アゴスティネリはすでにプルーストから多額の金を受け取っていましたから、当面はそれ以上の金を必要としていませんでした。しばらくして、アゴスティネリから連絡がありました。プルーストはもし戻ってくれるなら飛行機を買う約束をしました。アゴスティネリは自分の飛行機は手に入れたものの、戻ってくることはありませんでした。それは死につながる飛行機でした。一九一四年五月三十日、アゴスティネリが操縦する飛行機は南仏アンチーブの沖合で地中海に墜落したのです。

死の数日後、プルーストはアゴスティネリの書いた手紙を受け取ります。そこにはアゴスティネリが飛行機操縦士免許を取得したことがさも誇らしげに記されていました。小説の語り手が、電報でその死を知らされた日に、アルベルチーヌから手紙を受け取るのと同じです。葬儀の際、プルーストは墓に置く花輪を送りますが、アゴスティネリの親族はそれが造花でないことに不満を漏らしました(ジャック・ブレルが歌ったように、花ははかなく枯れるものだからという理由でした〔ベルギー出身のシャンソン歌手ジャック・ブレルの「ボンボン」に、花はすぐ枯れるからぼくはきみにボンボンをあげようという歌詞がある〕)。

実生活でのこの物語は、『失われた時を求めて』のうち二篇(「囚われの女」と「消え去ったアルベルチーヌ」)を占める、語り手とアルベルチーヌの物語にヒントを与えました。出版は戦争の影響で中断していましたから、プルーストはその恋愛を書くことで小説を膨らませる時間を与えられたことになります。

戦争

プルーストに衝撃を与えた個人的な悲劇に、一九一四年の夏に勃発した第一次世界大戦という歴史的な悲劇が重なります。健康状態が著しく悪いプルーストは兵役免除になります。彼の周囲の人々は、弟のロベールであれ、専従の運転手のオディロン・アルバレ（妻のセレストはプルーストの家に住み込み、家政婦になります）であれ、友人のレーナルド・アーンやベルトラン・ド・フェヌロンであれ、多くの人たちが召集されていきました。

一九一五年、兵役免除再調査委員会からプルーストに呼び出しがかかります。ほんとうに病気なのか確認したいというのです。プルーストは憤慨しますが、かかりつけの医師がプルーストの体では出頭すらできないと保証してくれました。たとえ戦争に行けなくても、戦争のことはたえずプルーストの頭にありました。彼は毎日新聞を読み、そこに見られる狂信的な排外主義とプロパガンダを批判していました。情報操作と検閲は、戦争中に加筆された最終篇「見いだされた時」で描かれます。カミーユ・サン・サーンスにワグナーやベートーヴェンを糾弾する記事を書かせるような熱狂的な愛国主義に対してプルーストは強い憤りを禁じ得ませんでした。ドイツ軍の攻撃に不安を覚え、ある手紙で「私はこれほどまでにフランスを愛したことはなかった」と書きつけながらも、すべてをごちゃまぜにすることはなかったのです。彼がまた、軍事的戦術に深い理解を示していたことは疑いの余地がありません。それは彼が作品中で軍隊の移動作戦に関して書いていることからもうかがえます。

と同時に、戦争は彼にとって美的経験でもありました。爆撃されたパリや空中を飛びかう砲弾は注意深い観察の対象となり、「見いだされた時」の詩的な描写を生み出すきっかけになっていきます。もしかすると、プルーストはつねに自分の死が迫っているという気持ちで生きていたので、爆撃が怖くはなかったという理由だけでなく、実際にどうしたら地下室へ降りられるのか知らなかったのかもしれません。一九一八年一月三十日、パリに二百五十六発の爆弾が落とされ、六十五人の死者と百八十七人の負傷者が出たのですが、それでもプルーストはボロディンの『弦楽四重奏曲第二番』を聴くために外出します。彼が乗ったタクシーは帰路、タイヤがパンクし、プルーストは歩いて家に帰りました。のちに家政婦のセレストが証言したところによれば、帽子のへりに砲弾の破片が刺さっていたということです。親しい人のなかではベルトラン・ド・フェヌロンが命を落としました。一九一五年二月、憎悪とは無縁の勇気に駆りたてられて小隊を指揮している最中の死でした。プルーストは友人のそうした英雄的行為を、「見いだされた時」で、登場人物のロベール・ド・サン・ルーに仮託して讃えます。

銃後の日々

その間にも社会生活は続き、変化していきます。プルーストはリッツホテルの常連になった一九一七年以降、とくに夜の外出が格段に増えました。リッツで新たに知り合ったなかで特筆すべきは外交官・旅行家・作家のポール・モラン、スーゾ公女、あるいはやはり作家のジャック・ド・ラクルテルでしょうか。かつてカイヤヴェ家の何人か、さらにはダルビュフラ侯爵とルイザ・モルナンとの間でそうだったように、プルーストは、ポール・モランとスーゾ公女を巻き込んだ愛情の三角関係を展開していきました。

プルーストはセザール・フランクの音楽にのめり込み、ときどき真夜中にプーレ四重奏団を呼んで、自分ひとりのために演奏させました。四重奏団のヴィオラ奏者が好みだったようです。自分の生活の一部で作品を豊かにすることを続けたプルーストは「昼間にしか感知できない細々《こまごま》としたところが必要」なので、昼間にも少しは外出するのだと言っています。

プルーストがほとんど明らかにしていない外出もこの時期に何度かありました。その痕跡はほとんど消し去られているのですが、行き先はブルターニュ出身のアルベール・ル・キュジアが営む売春宿で、そこではSMのショーを見ることができました。プルーストはそれを観察して「見いだされた時」のシャルリュスの無分別ぶりを示す描写を膨らませたのです。「どうしてああいうものをご覧になることができるのでしょう」。セレストが発したその質問にプルーストは次のように答えました。「それはね。セレスト。あればかりは想像では書けないからだよ」。戦争中の銃後が、階級や価値観や思想や性的嗜好など、ありとあらゆるものがいかに激変する現場であるかを、小説家プルーストは何としても描こうとしたのです。

出版、そしてゴンクール賞受賞

一九一九年、『失われた時を求めて』第二篇「花咲く乙女たちのかげに」が刊行されます。この小説は、従軍した作家ロラン・ドルジュレスの『木の十字架』を抑えてゴンクール賞に選ばれました。戦後すぐだったこともあって、大部分のメディアは審査委員を非難しました。『木の十字架』の版元であるアルバン・ミシェル社は本に大きく「ゴンクール賞」と書き、小さな字で「十票中四票」とつけ加えた帯を巻いて売り出します。アルバン・ミシェル社はこの、ほとんど虚偽と言っていい広告のせいで、ガリマール社に損害賠償金を支払う羽目になりました。

「花咲く乙女たちのかげに」は受賞当日に売り切れましたが、『木の十字架』ほどの大衆的な成功は得られませんでした。しかしプルーストは喜んでいました。名声を拒否する人間ではなかったからです。彼にとって、フランスに栄光をもたらす藝術とは真実を述べる藝術であって、いたずらに自国を熱狂に導くものではありませんでした。それからプルーストの模作などをまとめた『模作と雑録』、次いで、「ゲルマントのほう」ⅠとⅡ、「ソドムとゴモラ」が出版されます。プルーストは「ソドムとゴモラ」の出版を懸念していました。同性愛の問題が正面から扱われていたために、スキャンダルになることを恐れたのです。

これらの本の刊行に際してはプルーストと版元の間に齟齬が生じていました。巻分けが、作品の構成を統一のとれた全体として読者に把握してほしいと願っていた作者の考える形になっていなかったからです。そこでプルーストは自らメディア対策の一翼を担い、教育的情熱を大いに発揮して、作品を理解できない批評家に解説をしていきました。これから刊行されるはずの小説の最後ですべての意味が明かされる以上、そうした努力も必要だったのです。

転居

一九一九年から世を去る一九二二年までにプルーストは二度引越しをせざるを得ませんでした。オスマン大通り一〇二番地のアパルトマンを伯母が売りに出したからです。死ぬまえに作品を完成させる時間があるかが何よりも心配になっていたこの喘息持ちの小説家にとって、引越しは大きな苦痛の種となりました。

プルーストは当初、大好きだった女優レジャーヌのアパルトマンの上階の家具附きアパルトマンに居を定めます。ブーローニュの森の近くでした。この頃はまだリッツホテルに幾晩も通い、朝の五時にブーローニュの森を横切って帰ってくるだけの元気がありました。しかし、壁が薄く、隣家の騒々しい音（書簡で、ついで作品でも語られる激しい喧嘩騒ぎ）が聞こえ、耐えられなくなったプルーストは静かなアパルトマンを探すことになります。

それは十六区のアムラン通り四十四番地にあったアパルトマン〔現在はホテル〕で、プルーストはその部屋で息を引き取りました。オスマン大通りの住まいのようなしつらえにした寝室の銅のベッドの傍らには、客用の肘掛椅子が一脚と、ノートと薬が置かれた三脚の椅子がありました。プルーストはそのアパルトマンに、セレストやその妹、何かと気にかけたあげく、よい仕事先が見つかるように世話をしたリッツホテルのボーイ、アンリ・ロシャなどを泊めていました。

「完」という言葉

昼間（少しだけ）眠り、夜中はベッドで仕事をする生活を続けるプルーストの健康は悪化の一途をたどります。一九二一年の夏は酷暑で、七月十四日の革命記念日の観閲式も中止になりましたが、プルーストは毛皮のコートを着たうえにウールの毛布七枚をかけてベッドに横たわっていました。反対に冬は煖炉の調子が悪く、煙が出るだけでちっとも暖かくならないアパルトマンは喘息患者には苦しいばかりでした。

そんな間も、プルーストが仕事を中断することはありませんでした。まだ三篇分の出版が残っていました。最後まで、プルーストは「囚われの女」と「消え去ったアルベルチーヌ」に取り組んでいました。病気のせいで原稿には時として矛盾が見られることがないわけではありません。その二篇をタイプ原稿にするために。プルーストはオディロン・アルバレの姪を雇います。ほとんどまともに話すことができなくなっていたので、小さな紙片を介して家政婦のセレストに指示を出していましたが、一九二二年の春のある日、プルーストはセレストを呼び、疲労困憊した様子ではあるものの、口許に笑みを湛えてこう言ったのです。「昨晩、『完』の字を書いたよ。これで死ぬことができる」。

最期の時を迎えるまでプルーストは原稿を直し続けましたが、それでも出版できる形にして作品を書き終えたのです。一九二二年十一月七日、「囚われの女」の原稿がガストン・ガリマールの手に渡されました。

最期の時

治療を拒み続けたせいで悪化する一方の肺炎に冒され、半ば意識朦朧とするなかで、プルーストは相変わらず「消え去ったアルベルチーヌ」を修正していました。弟のロベールが兄を病院へ連れて行こうとしますが、マルセルはそれを拒みます。セレストとオディロンだけがプルーストの傍らに残り、レーナルド・アーンは毎日訪ねて来ました。

十一月十八日、マルセル・プルーストはついに最期の時を迎えます。レーナルドが夜通し亡骸のそばに控え、マン・レイが死に顔を撮影しました。葬儀は十一月二十二日、ペール・ラシェーズ墓地で執り行われました。プルーストは母ジャンヌと父アドリアンとともに、黒い大理石でできた墓所で眠っています。趣味のよさが感じられる墓です。

第二部

DEUXIÈME PARTIE

なぜプルーストを読むのでしょうか

読書という経験を深めるために

「それはたぶん『千一夜物語』と同じくらい長く、と同時にそれとはまったく異なる書物となるだろう」──「見いだされた時」

『失われた時を求めて』は単なる書物ではありません。それはランナーにとってマラソンが人生の経験となるように、読者にとっては人生における経験と呼ぶべきものです。延々と続く試練であり、ある世界への没入であり、挑戦であると言いかえることもできましょう。書く行為がどんなものか自分で理解できる人なら、実際にプルーストを読むという経験は、この小説を書くことが作者にとってのマラソン、すなわち人生そのものだっただけにいっそう感動的なものになるはずです。とはいえ、この読書の時間を生きることを苦痛と捉えたり息を切らしたりする必要はありませんし、ましてやゴールラインを越えたときに、プルーストがそうであったように、ばったり倒れることもありません。

あちらこちら行き来しながら断片をつなげるかのごとく書いた作者と同じように、あるいは、さまざまな部分に立ち返っては修正を繰り返した作者と同じやり方で、読者は花の蜜を求めて飛びまわる蜂さながら、さまざまな巻をめぐってはその蜜を集めることもできるでしょうし、立ち戻っては足をとどめ、やがては再び元の場所へ戻ってゆくこともできるのです。

『失われた時を求めて』を愛するようになった読者は、奇蹟の力によって、改宗状態に身を任せたいと思うようになるでしょう。この、ほとんど三千ページに及ぶ作品を読破した読者は、プルースト派《プルースティアン》（proustien）になる、というより、自分がプルースト派《プルースティアン》であると認めるようになります。この一般に、ある作家に対する愛を表現する場合、この「派」（-ien）という形容語は使いません。この形容をつけるのは、ふつうは、ある学説や理論体系に賛同した場合に限られます。たとえば、カント学派（kantien）、プラトン学派（platonicien）、ラカン学派（lacanien）のように。しかし、プルーストを愛するのは、それらとは異なり、ひとつの世界観、ひとつの想像世界を共有することにほかなりません。プルースト自身、自分の作品をひとつの体系と捉えていたので、エッセイの形にするか小説の形式をとるかで躊躇《ためら》っていました。そしてついに彼が選んだのは、私たちからすれば最高の喜びというほかない、小説でした。

三千ページにも達するあのような大作の小説の利点は、読者一人ひとりが自らの好きな要素をそこに見いだすことができるというところにあります。歴史好きなら、ドレフュス事件、草創期の自動車、第一次世界大戦などに関する、一八七〇年代から一九二〇年代までの詳細きわまる証言の数々を見いだすはずです。詩が何より好きな読者であれば、言葉が提示するイメージや音楽を味わいつくすでしょうし、時間と記憶について熟考をめぐらす哲学者プルーストとともに、あれこれ考えることに楽しみを見いだす人たちがいるかもしれません。

バルザックふうの小説が好きな人なら、一連の人物描写、うわさ話、野心、社交界の話を喜ぶでしょうし、嫌みが大好きな人たちは著者の皮肉を面白がるでしょう。夢想家や冒険家は、パリからヴェネツィア、ヴェネツィアからノルマンディと旅をすることになります。情熱に身を焦がす者たちや嫉妬深い人たちは、自らの心の動きに関する説明を見いだし、自分たちと同じように苦しみ、同じように忘れてゆく者たちがほかにもいることを知って安心するに違いありません。幼年時代の失われた楽園を懐かしむ人々は、語り手の回想に心動かされるとともに、失われたとばかり思っていた時間をいかにして再び見いだすのかを悟って幸福な気分になるでしょう。

音楽や絵画や演劇や文学を愛する人たちは、私たちそれぞれの人生で藝術が果たす役割について書かれた素晴らしいページを読むことになるでしょうし、スキャンダルや挑発を好む読者であれば、二十世紀初頭の文学的領域に、サディズムやマゾヒズムと並んで、男女の同性愛を持ち込んだ小説の大胆さに気がつかずにはいられないはずです。

学生や生徒からすれば、『失われた時を求めて』はフランスの文学遺産の古典であり傑作です。スノッブなら、文学に疎いとしてもプルーストを読む必要があるでしょう。プルーストを読んでいると言えば聞こえがいいですし、人はスノッブについて語るものであり、何よりこの書物はスノッブについて語っているからです。

要約するより読むほうが楽だから

「生の本質を求めた生活」*

*ジョルジュ・プーレ

この小説の要約は可能でしょうか。はっきり言って容易ではありません。たいていの人には歯が立たないかもしれません。全体として言えば、『失われた時を求めて』は、自分自身の天職を求めて、一八七〇年代から一九二〇年代までの社交界や政界や文学界を生きてゆく作家志望のブルジョワの（物語を語るとともに、小説の主人公でもある）語り手を導くいわば秘儀伝授《イニシエーション》の小説です。

批評家のジョルジュ・プーレは、「生の本質を求めた生活」について語っています。その内容はすでに『失われた時を求めて』というタイトルのなかに含まれていました。語り手はある人生について語ったり、ひとつの社会の客観的で鋭い分析をしたりしながら、過ぎ去った時間を生き生きと描写するだけでなくて、過ぎ去った時間の本質や、やがては藝術作品として結実してゆく、時を超えた人生の真理を追い求めるのですから。

この本の終盤、恋人や友人たちを亡くし、恋や友情に幻滅したあとで、さらには無為の生活との戦い、戦争と旅行を経験したあとで、語り手は自らの理論を明らかにする鍵を見いだし、再び時を見いだす方法を見つけることになるのですが、そのことを通じて彼は、仕事を始め、自分の小説に着手することができるようになります。おそらくは、読者がそれと同じ瞬間に読み終えることになる小説を。

実際よりもほんとうらしく見える登場人物と出会うために

最初の思い込み――『失われた時を求めて』はモデル小説である

『失われた時を求めて』にはおよそ五百人もの人物が登場します。出版された当初から、ある種の読者は作品中に実際のモデルを見つけて面白がったり憤慨したりしました。しかし、この小説は各登場人物の後ろに現実の誰かが隠れているような単純なモデル小説ではありません。ひとりの登場人物は、作者がさまざまな知人のうちに観察した多数の特徴を複合させてできています。プルーストは彼らの生活を取りこみ、移動させ、凝縮して多面的な人物像を創り上げたのです。それは独創的な人物を創造するためであり、キュービスムの絵画に通じる技法でした。ここではもっとも重要な人物の何人かをご紹介しましょう。

二番目の思い込み――語り手はマルセル・プルースト本人である

この小説は自伝作品ではありません。物語で語られる話は、作者本人の経験と重なるわけではありません。たとえ広い意味では、実生活からヒントを得たにしても、です。自分のことと虚構が入り交じった自己虚構《オートフィクション》と呼んでもいいくらいです。三千ページ近くあるのに、語り手の名前を出さない方法を作者は見つけました。唯一、マルセルという名前が現れるのは「囚われの女」のなかです。

作者と同じく、子どもの頃の語り手はパリのブルジョワ家庭で暮らし、田舎でヴァカンスを過ごします。また病弱で作家志望という点でも変わりません。しかし、語り手の父親は外交官で、医師ではありません。語り手が愛するのは男性ではなく女性です。プルーストとはまったく違って、語り手は一人息子ですし、学校に通う場面も出て来ません。それでもこういうことは言えます。すなわち、たとえ父親が医師でなくても、また医師になった弟のロベール・プルーストが小説に登場しなくても、医者はさまざまな局面で描かれます。そこに働いているのが移動＝再構成の原理なのです。

語り手は小説の中心人物で、視点のまとめ役を果たしています。読者が知りうるすべての事柄は語り手の目を通して伝えられますし、幼年時代から成人になるまで、読者は絶えず語り手を追いかけてゆくことになります。ただひとつの例外は「スワンの恋」です。そこでの話は語り手が生まれる前の出来事で、語り手がスワンとオデットの物語を知るのは祖父を通じてでした。

語り手の容貌についてはほとんど知らされません。しかし、語り手の意識や精神状態については一から十までわかります。語り手は、外界で起こることに極度に敏感で、虚栄心からというより好奇心から社交界に近づき、自らの文学的才能を信じることができないのですが、ひどく気前がよく、博大な藝術的教養（それは作者プルーストの教養でもありました）と豊かな想像力に溢れていました。そうした想像力は最高の藝術の美への道を教えると同時に、嫉妬による最悪の苦悩へも語り手を導きます。

シャルル・スワン

コンブレーの祖父母の隣人で、祖父の古い友人の息子であるシャルル・スワンはかつてココット

（誰かに囲われている「道徳心の薄い」女性）だったオデットの愛人から夫になった人物ですが、語り手の家族は内心では来てほしくないと思っています。スワンとオデットの二人は第一篇第二部「スワンの恋」の主人公となります。

スワンは子どもの頃の語り手が恋をするジルベルトの父親です。語り手はメゼグリーズのほうへ散歩に行ってジルベルトと出会い、のちにシャンゼリゼで一緒に遊ぶようになります。スワンは語り手の分身でもあります。唯美主義者（趣味人にして、大の藝術愛好家）、画家フェルメールの専門家、社交界の人間で、もっとも格が高いジョッキークラブの会員、複数の女とつき合いながら嫉妬に苦しむ男、ユダヤの家系出身の金持ち、それにもかかわらず、反ユダヤ主義一色のフォーブール・サン・ジェルマンでその頭の良さで認められて地歩を築いた男、それがスワンでした。

語り手とは違って、スワンは藝術への愛を創造的才能に昇華させようとはしません。彼はゲルマント公爵夫人と親しく、シャルリュス男爵や夫人と「ゲルマント一族のエスプリ」とでも呼ぶべきものを共有しています。田舎の隣人たちは、スワンがそれほど高い社会的地位を占めているなどと考えたことすらなかったはずです。スワンが癌で死ぬと、オデットはフォルシュヴィル伯爵と結婚します。ジルベルトはゲルマント家のひとり、ロベール・ド・サン・ルーと結婚し、それによって、メゼグリーズのほう、すなわちスワンのほうとゲルマントのほうが結びつきます。スワンがそれを知ればさぞかし喜んだことでしょう。スワンを造形するのにプルーストがとくに参考にしたのが、社交界の藝術愛好家のシャルル・アースです。スワンと同じく、赤毛で口髭を蓄えていました。

多くの人びとは、怠惰《たいだ》からか、あるいは、社会的地位の高さからしてこれと決めて係留した岸辺を離れてはならないという使命感に由来する諦念《ていねん》からか、現実が世俗の地位とは無関係に差し出すもろもろの快楽に身を任せることはしないものだが（彼らは死ぬまでそうした世俗の身分のなかに閉じこもるので、ひとたびそんな生活に慣れてしまうと、そうした生活にもともと附随する、取るに足らぬ気晴らしや何とか我慢しうる退屈な時間を、あえて快楽と呼び慣わすことで満足するのである）、スワンは違っていた。彼は、ともに過ごす相手の女を可愛らしいと思うことに努力を傾注するのではなくて、ぱっと見て可愛らしいと思った女と一緒にいる時間を作ることに情熱を燃やした。スワンが好きになるのは、しばしばどこにでもいる顔立ちの女たちだったが、それは、彼が自分でも気づかぬうちに追い求める女の肉体的特質は、鍾愛《しょうあい》する巨匠の絵画や彫刻で描かれて彼をうっとりさせる女性とはまったく正反対だったからである。作品に描かれた女たちの表情にこめられた心の内面や憂愁は、スワンの官能に水をかけるだけだったのに、健康的で肉づきのいい薔薇色《ばらいろ》の肉体であれば、それだけで彼の官能は目覚めたのだ。――「スワン家のほうへ」

オデットはこの法則の例外でした。スワンの独白の少しまえから引いてみましょう。

目覚めて一時間後、ブラシのように立たせた髪の毛が列車の中で乱れないように床屋にあれこれ注文をつけながら、スワンは自分の夢のことを再び考えた。あたかもすぐ傍らにいて見ているかのように、オデットの青ざめた顔色、あまりにもこけた頬、窶れた表情、隈のできた目、すなわち、つきあい始めた最初の頃からはっきり見ないようにしていたあらゆる要素がいま再び眼前に浮かぶのを感じた――次々とさまざまな愛情が生まれたことでオデットに対する恋情がずっと続いていたために、彼女から受けた第一印象のことを忘れていたのだ。そして、恐らくスワンの記憶は、眠っている間に、恋愛の最初の頃に入り込んで、そのときに感じた正確な感覚を探していたということではないのか。不幸でなくなり、それとともに道徳的水準ががくんと下がるたびに断続的に顔をもたげる卑しさが心を占めて、スワンはこう自分に言い聞かせた。「自分の人生の何年も台無しにしてしまったとはね。とくに好きでもない、ぼくの趣味に合わないあんな女のために死のうと考えたり、これこそ我が人生最大の恋だなんて考えたり。まったく何ということだろう」。――「スワン家のほうへ」

フランソワーズ

小説の最初では、フランソワーズはコンブレーのレオニ叔母の召使いでしたが、主人が亡くなって語り手の両親に雇われることになります。フランソワーズは控えめな女中としてではなく、不屈の性格をもったすこぶる目立つ登場人物として、愛情を込めて面白おかしく描かれます。フランソワーズを特徴づけるのは農婦らしい率直な物言いと主人一家への愛情、それに、自分でも自慢するほどの「台所のミケランジェロ」（花咲く乙女たちのかげに）と言っていい料理の才能です。

もっとも、エメは誰かが貴族の名前を発音するだけで嬉しそうな表情を浮かべたので、その点では、「何某伯爵」などと耳にすれば必ず顔を曇らせ、発する言葉もぶっきらぼうで短いものになるフランソワーズとは正反対だったけれど、それはフランソワーズがエメより貴族のことを重要視していないということではなくて、むしろエメ以上に貴族という存在にこだわっているからだった。それにフランソワーズは、他人の最大の欠点を見いだす性向をもった、要するに、誇り高い人間だったのである。彼女はエメとは違い、あふれんばかりの善良さを備えた気持ちのよい人物というわけではなかった。そうした人たちであれば、新聞には出ていない多少なりとも興味をそそる事実を耳にすれば、大きな喜びを感じ、それを表に出すものであるが、フランソワーズは驚いたふりをするのが嫌いだった。ルドルフ大公が実在するなどと考えたこともないフランソワーズの前で、大公は通説通り死んだのではなくて今も生きているのだと言ったとしたら、彼女はずっと前からそれを知っていたかのごとく「そうですよ」と答えただろう。
――「花咲く乙女たちのかげに」

それに、主人の身のまわりの世話をする従僕《ヴァレ・ド・シャンブル》より新しく家に来た家僕《ヴァレ・ド・ピエ》はフランソワーズに、自分だけでなく彼女も興味を持つような事柄について話してきた。料理人扱いされると顔をしかめるフランソワーズだったが、自分の話になると「家政婦《グーヴェルナント》さん」と呼ぶこの家僕に対しては特別な好意、どこかの二流の王族が自分のことを進んで「殿下」と呼んでくれる若者に対して抱くような好意を覚えていた。――「ゲルマントのほう」

そのような人たち、そうした本能的に逃げ去る者たちに対して、私たちの不安が翼を与えてしまう。さらに言えば、私たちのすぐ傍にいながら、彼らの眼差しはすぐに飛び去ってしまうことを私たちに告げているかに見える。——「囚われの女」

アルベルチーヌ

ジルベルトに次ぐ第二の恋愛の相手としてアルベルチーヌ・シモネが登場するのは「花咲く乙女たちのかげに」のバルベックの海水浴場です。最初は堤防に羽を休める鷗と区別がつかなかったアルベルチーヌ、「目深にかぶった黒い『ポロ帽』の下からきらきらした明るい目と艶のないふっくらした頬を覗かせ腰をぎこちなく揺らしながら自転車を押していた娘」(花咲く乙女たちのかげに)はやがて語り手の空想を現実のものとしていきます。

プチブルジョワの家庭で育ち、スポーツが好きで堤防のうえを自転車で走ったりゴルフをしたりする少女、あまりものを知らず、隠語を使って会話したりするこの少女は、語り手が出入りする世紀末の貴族社会とは対照的なベル・エポックという新しい時代を体現しています。孤児だったアルベルチーヌは伯母と暮らしていましたが、パリに来て、語り手の「囚われの女」として語り手と同居するようになります。語り手は嫉妬に駆られ、自分がヴェネツィアへ出発できないのは彼女のせいだと考えて、アルベルチーヌを恨みます。とは言え、別れるという決断はとうていできません。自分を裏切るのではないかといつも疑っているからです。語り手が「逃げ去る存在」と規定したとおり、アルベルチーヌは実際に逃げ出して馬の事故で命を落とします。

語り手はアルベルチーヌが死んだあとも、いっそう自分を苦しめるだけなのに、ほかの女たちに問い糾《ただ》してアルベルチーヌの女性関係を調べずにはいられません。謎は決して解けぬまま、アルベルチーヌは作品の至るところに顔を出すにもかかわらず、もっとも謎めいた人物として描かれています。アルベルチーヌという名前はジルベルトだけでなく、プルーストに愛されながらも逃げ去って、果ては翼が燃えつきて海に落下した飛行士アルフレッド・アゴスティネリの名前とも結びついているのかもしれません。

眠っているときだけは、アルベルチーヌが語り手から逃れることはありません。彼はアルベルチーヌを好きなだけ見つめることができますし、完全に所有することも可能なのです。

目を閉じて意識を失うと、アルベルチーヌは彼女を見知った日以来、私を失望させてきたさまざまな人間的性格の衣を一枚ずつ脱ぎ捨てていった。生きているといっても、私の生命とはかけ離れた、ずっと不思議な植物や樹木の無意識の生命でしかなく、それでも、今まで以上に私のものになった生命にほかならなかった。彼女の自我は、ふたりでお喋りをしているときは口には出さない考えや視線を通じてたえず外に出てきたのに、それもない。彼女は自らの外部にあるすべての自分を呼び戻し、自己の肉体のうちに逃げ込んで閉じこもり、ひとつに固まってしまった。彼女の肉体を視線と両手で支えながら、私はアルベルチーヌが目覚めているときには感じたことのない印象、すなわち、彼女の全体を所有しているという印象を持つことになった。——「囚われの女」

シャルリュス男爵

バザン・ド・ゲルマントの弟、つまりゲルマント公爵夫人の義弟で、ロベール・ド・サン・ルーの叔父、スワンの友人、のちには語り手の友人にもなるシャルリュス男爵は、『失われた時を求めて』のなかでもっとも複雑で、論じられることの多い登場人物です。

ピアニストや画家といった才能と並んで貴族の爵位をいくつも持ち、優雅さと際立った教養に恵まれたこの卓越した人物には、グロテスクな面もありました。彼は「男=女」ないしは「倒錯者」(プルーストは「ホモセクシュアル」という言葉が嫌いで滅多に使っていません)で、平民出身の若いヴァイオリニスト、シャルル・モレルを愛しながらも、彼からは邪険に扱われる存在でした。シャルリュスはヴェルデュラン夫人の弄する小細工にまんまと嵌まるだけでなく、戦時中はいかがわしい売春宿に通っては肉屋の若い見習い店員に自分の肉体を鞭打たせるのが趣味でした。作品全体のそこかしこに登場するとはいえ、シャルリュスは「ソドムとゴモラ」の中心をなす人物です。「ソドムとゴモラ」は小説の要《かなめ》であり、さまざまな言葉や振る舞いが逆転し、本来の意味を明らかにしていきます。シャルリュスを筆頭に何人もの人物の同性愛が白日の下にさらされます。語り手はそのとき初めて、シャルリュスの以前の行為が自分への愛情の発露であり、自らを強く印象づけるためのものだったことを理解します。

戦争中のシャルリュスは、ドイツ贔屓《びいき》でドイツ音楽を熱狂的に愛しただけでなく、母親がバイエルン出身の公爵夫人だったこともあって、スパイの嫌疑をかけられますが、その理由はむしろ、「自分ではっきり口にしなかったにせよ、ドイツが勝利するまで行かなくても、少なくとも皆が望んでいるままに、完膚なきまでにやられることのないように願っていた」（見いだされた時）からでした。プルーストが主としてシャルリュスの人物造型のヒントを汲んだロベール・ド・モンテスキウは、戯画化された人物像が原因でプルーストのことを悪く思ったようです。アンドレ・ジッドも、女性的な同性愛者はグロテスクだと批判しました。「ソドムとゴモラ」の開巻冒頭で、隠れた場所から男爵とジュピアンの間で交わされる求愛行動を目撃した語り手が、それを蜜蜂と花の受粉にたとえるシーンがあります。そのあまりに有名な場面の主人公がシャルリュス男爵でした。

日の光が眩しいのか、まばたきをしている姿はほとんど微笑んでいるかに見えた。私は寛いだ自然な感じの彼の表情にすこぶる優しく、警戒を解いたような何かを見いだしたので、こんなふうに見られていることを知ったらシャルリュス氏はどれほど怒るだろうと考えずにはいられなかった。というのも、男らしさにあれほど心を奪われ、男らしさをかほどに鼻にかけているばかりか、どんな人間もおぞましいほど女性的に見えて仕方がないと口癖のように繰り返しているこの男を見て私の頭に浮かんだもの、それも不意打ちのように脳裡をめぐったものは一人の女だったからである。ほんの一時的ではあるにせよ、彼の顔立ちや表情やほほ笑みが示していたのは女だったのだ。――「ソドムとゴモラ」

オリアーヌ・ド・ゲルマント公爵夫人

「いつもゲルマント一族のエスプリと言われるのですけれど、どうしてなのかまったく理解できません。ほかにもそれを備えたゲルマントの人間をご存じということなのよね」。そう言うと彼女は陽気にぷっと吹き出して笑った。生気にあふれた顔の動きと連動して、さまざまな表情が濃縮され、目はきらめき、晴れやかに輝く快活さで燃えたつように見える。――「スワン家のほうへ」

彼女はまず何よりも、ひとつの名前として現れます。その名前が包含しているのはある風景であり、城館であり、神聖なる祖先たちです。最初は教会のステンドグラスに描かれた存在でしたが、やがてパリの語り手一家の隣人になります。語り手はゲルマント公爵夫人の行動を探り、賞讃し、崇めます。果ては紹介され顔見知りになることで、夫人は現実の女性と化します。夫人が持っていた不可侵の性質は消え去り、その魅力は失せていきます。

バザン・ド・ゲルマントの妻であり、ゲルマント公爵夫人にしてローム大公夫人、ロベール・ド・サン・ルーの伯母、スワンの友人でもあるオリアーヌ・ド・ゲルマントは、優雅で才気煥発な女性です。自らの資質に並々ならぬ自負をもっているので、いかにも自然に振る舞うことができますし、スノッブを軽蔑してもいます。スワンは、夫人が妻のオデットと娘のジルベルトを迎えようとしないことに苦悩を感じますが、スワンが死んだあと、ジルベルトがロベール・ド・サン・ルーと結婚し、ついにスワンの娘がゲルマントの一員になるのです。

私たちはまた、私がどうしても行きたいと思っていたゲルマントのほうの終着地点であるゲルマントそのものに行き着くことができなかった。館にはゲルマント公爵夫妻が城主として住まっていることも、彼らがこの時代に現実に存在する人間であることも私にはわかっていた。しかし、彼らのことを考えるたびに私が想像したのは、教会の「エステルの戴冠」に描かれたゲルマント伯爵夫人のように、タペストリーに登場する人物であり、私がまだ聖水を手にすくっているときや椅子に坐ろうとしているときに応じて、キャベツの緑からプラムの青に変化するステンドグラスのジルベール・ル・モーヴェのように、色が変化する存在としてであり、幻燈に映し出されるままに私の部屋のカーテンの上を進み、天井にまで上った、ゲルマント家の先祖、ジュヌヴィエーヴ・ド・ブラバンのように実体のない人びとであって、それらすべてに共通する点で言えば、つねにメロヴィング王朝の時代の神秘に包まれ、ゲルマント **Guermantes** の語尾の「アント」**antes** というシラブルから発せられるオレンジ色の光を、あたかも夕陽に照らされるように、たっぷりと浴びた人間たちであった。――「スワン家のほうへ」

シドニー・ヴェルデュラン

彼女は自らの悲しみを癒やす慰めをただひとつだけ見いだしていた。それは他人の幸福をぶち壊しにすることだった。――「囚われの女」

途方もなく富裕なパリのブルジョワで、医師や大学教授や藝術家、裏社交界の女(ココットや身持ちのよくない女、誰かに囲われている女)、そして彼女から「信徒」と呼ばれる常連たちが集まるサロンを主宰しています。信徒たちは夫人のことを「女主人」と呼び習わしています。独占欲が強く、信徒同士で恋愛関係になると、彼らが自分の「一党」から出ていかないように、二人の間を裂くこともあります。水曜日の会に通ってこない者たちのことは軽蔑を込めて「退屈な連中」と呼んでいましたが、それは彼らが夫人には手の届かない本物の社交界の人々だからでした。スワンはもっぱらオデットに会うためにだけヴェルデュラン夫人のサロンに通います。のちには語り手も同様に彼ら「一党」と親しくなりました。

フォーブール・サン・ジェルマンの貴族たちとは逆に、ヴェルデュラン夫人は進歩派で、フランスを震撼させたスパイ事件のときにはドレフュスを支持していました。時代の先端を行く藝術家を世に出すことにも力を貸しました。ほんとうに藝術が理解できたのでしょうか、それとも単なる見せかけだったのでしょうか。ヴェルデュラン夫人はある種の曲を聴くと、あまりに泣きすぎて、風邪を引いたかのように一週間は寝たきりになるのでした。

戦時中、夫人は愛国心を高々と謳い、パリの社交界を席捲します。夫の死後、彼女はついに男やもめだったゲルマント大公と結婚し、皮肉にもオリアーヌ・ド・ゲルマントの従妹になります。ヴェルデュラン夫人のスノビスムと独裁的な支配欲、嫉妬と残忍さはプルースト特有の揶揄の格好の標的になりました。

一段と高くなった偵察場所からヴェルデュラン夫人は、信徒たちの会話に活潑《かっぱつ》に加わり、彼らが発する「愚にもつかぬ冗談《フュミストリ》」を愉しんでいたが、笑いすぎて顎が外れた一件以来、実際に吹き出して大笑いすることは諦め、その代わりに、涙が出るほど可笑《おか》しいということを示す、疲労も危険もない型どおりのジェスチャーにとどめることにした。「退屈な連中」や今ではそちらの陣営に追い払われたかつての常連の誰それについて、常連の一人がほんのひと言でも非難めいた言葉を発すると夫人は小さく叫び（ヴェルデュラン氏はそんなとき、これ以上ないほどの無力感を感じた。というのも、ずっと長い間、彼は妻と同じくらい愛想がいいという自負があったのだが、本当に笑ってしまうためにたちまち息切れがして、ジェスチャーによって、途切れることのない偽りの爆笑を表現するという妻の策略に先を越され、敗北感を味わっていたからである）、最近角膜瘢痕《はんこん》が出始めた、鳥を思わせる目を固く閉じ、あたかも、慎みに欠けた光景をかろうじて隠すだけの、ないしは、命に関わる発作に備えるだけの時間しかないかのように、不意に、顔をすっかり両の掌《てのひら》に埋《うず》める。手に隠されているので、顔はもう見えない。彼女は何とかして笑い――もし身を任せてしまえば、気絶すらしかねない笑いをこらえ、押さえつけようとするかに思われた。こうして信徒たちの陽気さにうっとりし、内輪ぼめに陶然とし、悪口や同意の言葉に酔いしれたヴェルデュラン夫人は、高い止まり木のごとき椅子にちょこんと座って、温かいワインに浸した餌《えさ》のビスケットを食べさせてもらう鳥ででもあるかのように、愛想のよさに触れては感涙にむせぶのだった。――「スワン家のほうへ」

友人たち――アルベール・ブロックとロベール・ド・サン・ルー

プルーストがそうであったように、語り手は社交性をやすやすと発揮して、さまざまな階級の人たちと親しくなります。小説中随一の親友はバルベックの海水浴場で出会ったロベール・ド・サン・ルーです。彼はゲルマント一族で、シャルリュスとオリアーヌの甥に当たります。

名うてのプレイボーイで気前がよく、繊細で優雅な男です。彼もまたドレフュスを支持する共和主義者でしたが、家族の反対を省みず、ある女優に夢中になっていました（当時女優と娼婦はきわめて近い職業だと見なされたのです）。「ソドムとゴモラ」で、彼は叔父のシャルリュスと同じ「倒錯者」であることが明らかになります。語り手の目には背信行為と映ります。それでもサン・ルーはスワンの娘ジルベルトと結婚しますが、平気で妻を騙します。モデルのひとりと言われるベルトラン・ド・フェヌロンのように、サン・ルーは退却する部下たちを守ろうとして壮烈な戦死を遂げます。

暑さの激しいある日の午後、私は日差しを遮るためにカーテンが引かれて半ば日蔭になった食堂にいた。日に焼けて黄色になったカーテンの隙間からちかちか瞬きをするように青い海が目に入った。そのとき、浜辺とホテルの前の道を結ぶ中央の通路を、背が高くすらりとした、ノーネクタイ姿で、頭を高く誇らしげにあげた若い男が通るのが見えた。鋭い目つきで、太陽の光線を全身に浴びたかのようにブロンドの肌と金色の髪をしている。私にはおよそ男性には不向きだとしか思われなかった柔らかな白っぽい生地に身を包み、足早に歩いていたが、生地の薄さは食堂の涼気とともに、外の暑さと好天を感じさせた。目は海の色をしていて、片方の目にかけた片眼鏡《モノクル》が絶えず外れて落ちる。みんなが好奇心を一杯にして彼を見つめていた。この若きサン・ルー・アン・ブレ侯爵がお洒落《エレガンス》で有名なことは誰もが知っていたのだ。――「花咲く乙女たちのかげに」

サン・ルーがお洒落《エレガン》で親切な友人としてフランソワーズの賞讃を浴び、祖母からも愛されていたとするなら、もうひとつの性質を持つ友情を結ぶのがブロックです。ブロックは尊大なので語り手の家族に嫌われています。最初に語り手を売春宿に連れて行ったのもブロックでした。そこではサン・ルーの愛人の女優のラシェルが相手をしましょうかと言ってきます。何の話かおわかりですね。

育ちが悪く、人を不快にさせる一方、自惚れを隠さない。そうかと思うと、親切心を発揮することもあるブロックは、スノッブのくせに他人がスノッブだと言って非難します。戦争前は反軍主義のナショナリストだったのが、召集されるや、戦闘的なドレフュス派になりました。ユダヤ人であることを否定し、ジャック・デュ・ロジエと名乗ります。彼は気まぐれですぐに変わる人物です。のちに作家になって成功を収めますが、語り手からすれば質の低い成功でした。

ブロックが私に、君はスノビズムの危機を通過しているに違いないと語り、スノッブだと白状するよう求めてきたとき、以下のように答えればよかったかもしれない、「もしぼくがスノッブだったら、君とはつきあわなかったろうよ」と。――「花咲く乙女たちのかげに」

そしてついにはみんなから嫌われる羽目になった。泥だらけの恰好で、しかも昼食に一時間半も遅刻したのに、謝ろうともせずこう言ったからである。

「ぼくは大気の乱れにも、時間の因習的な区分にも絶対に影響されないようにしているんです。阿片を吸うパイプですとか、マレーの短剣などを復活させて使うというのなら喜んで力になりますが、有害なることこの上なく、そもそもちまちまとしてブルジョワ的な道具である時計とか傘などはぼくの与《あずか》り知らぬものなのです」。――「スワン家のほうへ」

家族

『失われた時を求めて』は家族の物語でもあります。親を思う子どもの物語、愛する存在を失うことをゆっくりと受け入れる物語であり、親とともに、あるいは親に反抗しながら自己形成してゆく子どもの叙事詩的物語と言ってもいいでしょう。

レオニ叔母は第一篇に登場し、第二篇を待たずに消えていきますが、読者の心に残ります。彼女は心気症《ヒポコンドリア》をわずらい、ベッドに寝たきりのまま村の人々の往来をうかがっています。子どもの頃、語り手が菩提樹の茶に浸したマドレーヌを口にしていたのはレオニ叔母の家ですし、そこで知った味はのちにコンブレー全体が蘇るきっかけになるのです。

彼女は少しずつウーラリ以外の人が来るのを排除するようになった。その人たちはいずれも、叔母にとってはもっとも唾棄すべき二つのカテゴリーのどちらかに分類されるという過ちを犯しているからだった。第一のカテゴリーのほうがひどくて、まっさきに排除されたのだが、叔母に「あまり気にしすぎ」ないほうがいいと勧めたり、否定的に言おうと、反対の意味をこめた沈黙や疑いの混ざった微笑という形でしか言うまいと、とにかく、ベッドに寝たきりで薬ばかり飲んでいるよりは、太陽を浴びて少し歩いたほうがいいですよとか、レアの美味しいステーキを召し上がったらどうですかといった過激な主張をしたりする連中（憎らしいヴィシーのミネラルウォーターをほんの二口飲んだだけで、十四時間も胃がもたれるというのに）。第二のカテゴリーに属するのは、叔母の病気が本人の考えている以上に重いか、本人が言うとおりに重いと信じている連中であった。それゆえ、叔母が少し躊躇してから、あるいは世話好きなフランソワーズの懇願に負けてしかたなく部屋に上げたような人たちで、部屋にいる間、「天気がいいときくらいは少ししゃきっとなさったほうがいいとお思いになりませんか」などと、おずおずとではあれ、結局は大胆な発言をして、自分たちが叔母からせっかく与えられた恩恵に値しないことを露《あら》わにしたり、逆に、叔母が「もうわたしもおしまいよ。もうほんとうにだめ。これが最後よ。ねえ、みなさん」と言うのに対して、「ほんとうに健康でないときはね。でも、大丈夫ですよ。いまの調子で長生きなさいますよ」などと答えてしまったりするような人たちは、もう二度と受け入れられないことが確実になるのだった。――「スワン家のほうへ」

アドルフ叔父がコンブレーへ来ることは二度とありませんでした。というのも、尊敬に値しないと評価されていた愛人の「薔薇色の婦人」を甥である語り手に紹介したせいで、語り手の家族と仲違いしていたからです。その婦人はやがて、スワンが結婚することになるオデット・ド・クレシーであることがわかります。

母親と祖母。よくあるアンケートの「自分の最大の不幸は何だと考えますか」という設問に十九歳のマルセル・プルーストは答えます。「母と祖母を知らなかったとしたら、それが最大の不幸です」。のちに小説を書くとき、プルーストは、語り手の父親を部分的に後ろに追いやり、母親と祖母を作品の中心的な場面を占める人物として描くことになります。初めは小説の巻頭近くに置かれた有名な就寝の場面です。客がいるときはベッドで母親のおやすみのキスを受けられない語り手は、眠ることができません。その場面では、意志を鍛えるために子どもの気まぐれを許さないというのが原則とされているのですが、子どもが二階へ行って寝る時間を決めるのも、母親に子どもと一緒に寝るように命じて子どもに特別の恩恵を与えるのも、父親の裁量に任されています。母親が譲歩するのを目の当たりにした、語り手の罪の意識が芽生える最初の場面と言っていいでしょう。語り手が青年になった時、母親はアルベルチーヌとの共同生活で法外な金を使う語り手を責めつつも、あれこれと息子の面倒をみることだけは続けるのです。

第二篇で、祖母は語り手とともにバルベックへ旅行に出かけます。のちに訪れる祖母の死は、喪の悲しみと罪の意識と「心情の間歇《かんけつ》」、すなわち、ある出来事とほんとうにその意味を理解する時は一致しないという主題を発展させるきっかけとなります。祖母を特徴づけるものとして、豊かな教養（彼女はセヴィニエ夫人の引用を平気で会話に混ぜますし、大作家の書いたものでない限り、たとえ相手が子どもであっても本を与えようとはしません）と思いやりと寛容さ、それに語り手に対する愛情と、いかなる意味でもスノビズムとはかけ離れた性格（それゆえ、彼女は他人のなかにスノビズムの存在を感じとることができません）と歳月を重ねたものへの嗜好（というのも、実際に使える何かを贈るときでも、古色を湛えているほうが祖母には藝術的に感じられるからです）を挙げておきましょう。奇妙と言えば奇妙なことに、小説のなかで母親が死ぬ場面はありません。母親も父親も、子どもの頃の思い出に永久に結びついたまま、いつの間にか登場しなくなります。あたかもプルースト自身、小説のなかでは母親や父親が世を去るのを拒んでいたかに見えます。

寝る時間になって二階に上がってゆくとき、私の唯一の慰めとなったのは、ベッドにもぐり込んだころにお母さんがキスをしに来てくれることだった。とはいえ、このおやすみはほんの一瞬で終わって、母はそそくさと階下に戻ってしまうので、階段を上ってくる音が聞こえ、藁《わら》で編んだ小さな結び紐《ひも》が垂れた青いモスリンのガーデンドレスの軽い衣《きぬ》ずれの音が、両開きのドアがある廊下を伝わってくるころになると、私は苦痛を味わうことになった。それはそのあとに続く時間、つまり、母が私のもとを離れてふたたび一階に降りてゆくのを予告していたからで、ついには私はかくも大切なこのおやすみが、なるべく遅くなること、お母さんがまだ来なくてただ待っている時間がこのまま続いてくれることを強く願うに至ったのである。――「スワン家のほうへ」

斥候役を仰せつかった祖母はもう一回庭めぐりをする口実ができたので、いつも嬉しそうだったが、与えられたその機会を生かして、薔薇《ばら》の木の添え木を何本かこっそり引き抜いて、薔薇そのものにもう少し自然な感じを与えようとしたりした。そんなしぐさは、床屋であまりに平らになでつけられた息子の髪に手を入れてふっくらとさせる母親を思わせた。――「スワン家のほうへ」

藝術家たち

大作家**ベルゴット**、印象派の画家**エルスチール**、劇女優**ラ・ベルマ**、音楽家**ヴァントゥイユ**。それぞれが理想の藝術家像という多面体の一面を担っています。皆が長所と短所の両面で将来の作家が参考にすべき手本として語り手の前に現れます。

ベルゴットはブロックのおかげで語り手が少年時代に出会い、鍾愛の対象になった小説家です。若い語り手がベルゴットの知遇を得たのは、ベルゴットがスワンの友人だったからでした。ベルゴットは「大作家」と目されたことはなく、本人もアカデミー・フランセーズ会員を目指して八方手を尽くします。フェルメールの『デルフトの眺望』を観に行った展覧会で死ぬ場面はみごとというほかありません。ベルゴットは初めて「黄色の小さな壁」に気がつき、フェルメールがそのモチーフに注いだ色が持つ質の高さまで自らの著作を高めることができなかったことを悔やむのです。彼は「黄色の小さな壁」と繰り返しながら息を引き取ります。

それまでその美しさが私には隠されていた何か、たとえば松林や雹《ひょう》、パリのノートルダム大聖堂、ラシーヌの『アタリー』や『フェードル』などについて語るとき、ベルゴットはいつもひとつのイメージのなかで、そうした美を一気に拡大し、私のもとまで届けてきた。それゆえ、もしベルゴットが私をそこに近づけてくれたのでなければ、私の心もとない知覚ではとうてい見定めることすらできなかった部分が世界にはどれほどあるかを感じて、私はすべてのこと、とりわけ、私自身で目にする機会がありそうな事柄、そのなかでもとくに、フランスの名所旧跡とかある種の海辺の光景等に関して、ベルゴットの見解、ベルゴットの比喩を我がものにしたいと思った。――「スワン家のほうへ」

「**ビッシュさん**」は「スワンの恋」ではヴェルデュラン夫人のサロンの常連で、まだほとんど知られていない前衛的画家にすぎませんが、「花咲く乙女たちのかげに」では尊敬すべき風景画家の**エルスチール**として姿を現します。語り手はエルスチールとバルベックで出会い、近づいてゆくのですが、当初そこにはエルスチールがアルベルチーヌを知っているからという計算が働いていました。しかし、未来の小説家は、クロード・モネの作品を想起させる印象派の画法で描かれたエルスチールの海景画、すなわち海浜の風景画を見ることで、譬喩の技法を理解していきます。エルスチールの作品はのちに、ゲルマント公爵邸の壁に堂々と飾られることになるのです。

それでも私にはっきり認識できたのは、エルスチールの場合、個々の作品の魅力は表現された事物が、詩で言う比喩《メタフォール》に通じるある種の変貌《メタモルフォーズ》を遂げる点にあるということと、もし父なる神が名前をつけることで事物を創造したとすれば、エルスチールは事物から固有の名前を剥ぎ取って新たな名前を与えることで事物を再創造しているということであった。事物を指し示す名前はつねに知性の一概念に対応しているだけで、私たちが抱く真の印象とは無縁であるが、知性はその概念にそぐわないものはすべてそれらの印象から排するように私たちに強いるのである。
――「花咲く乙女たちのかげに」

ごく稀に自然を詩的にありのままの姿で見る瞬間があって、まさにそうした瞬間からエルスチールの作品は作られていた。――「花咲く乙女たちのかげに」

ラ・ベルマは子どもの頃の語り手の夢想にはっきりした形を与えるために、十九世紀末の演劇界の大スター、レジャーヌとサラ・ベルナールにヒントを得て創造された女優です。モリス広告塔のポスターを介して語り手の憧れのスターとなりました。語り手は父親から、ラ・ベルマの『フェードル』の舞台を見に行く許しをもらいますが、期待が大きすぎたせいで、実際の舞台に接しても失望するばかりで、ほんとうにそれほど素晴らしい女優なのか自問します。小説の最後で再び登場するラ・ベルマは、歳月の重みに耐えかねてすっかり容色の衰えた老女優になり果てていました。

どんなに些細でもかまわないから、ラ・ベルマを讃えるのに必要な理由をひとつだけでも残そうとして彼女のほうへ目と耳と精神を差し向けても空しいだけで、たった一つの理由さえ手もとにとどめておくことは叶わなかった。――「花咲く乙女たちのかげに」

ヴァントゥイユはコンブレーでは語り手の大伯母たちのピアノ教師にすぎませんが、彼が作曲したソナタはパリのあらゆるサロンで人気を博しているばかりか、オデットとスワンの恋のテーマにもなりました。ビッシュがエルスチールであったように、田舎の単なるピアノ教師が偉大な作曲家と同一人物であることに語り手は驚きます。

ピアノから自由になったヴァイオリンの奏でる「小楽節」は小説のライトモチーフとしてつねに立ち返って、作品のそこかしこで顔を出します。語り手もピアノで弾きますし、スワンも、それが二人の恋を蘇らせうるものであるかのごとくオデットに演奏させるのです。

「囚われの女」のなかで、語り手はヴェルデュラン夫人のサロンで、ヴァントゥイユの新しい作品、七重奏曲を聴き、音楽の力について深く考える機会を与えられます。ヴァントゥイユの名前は小説のもうひとつの主題ゴモラにも結びついています。ゴモラとは風俗が極度に乱れていたために神の怒りに触れ灰燼に帰した旧約聖書に出てくる町で、女性の同性愛を暗示しています。作曲家の娘は父の死後、女友達と暮らしているというので、何とも危うい評判にさらされていますが、語り手は二人が同性愛に耽る現場を偶然盗み見てしまいます。

ヴァントゥイユ嬢の女友達は、偉大な作曲家を悲歎のうちに死なせたことを悔やみ、ヴァントゥイユの作品を世に知らしめることに力を尽くしていきます。

ヴェルデュラン夫人のサロンで年若のピアニスト《プチ》が弾き始めて数分経つか経たないかのうちに、スワンは突然、二小節にわたって長く続いた高い音——それまで潜んでいた秘密を覆い隠す垂れ幕さながら長く延ばされたその音――の下から逃れ出るようにして近づいてくるものがあることに気がつき、それが、潮騒《しおさい》の音にも似た秘かな、いくつかに分割された、軽やかで薫《かお》り高い、かつて彼が愛したあの楽句であることを認めた。――「スワン家のほうへ」

ピアニストがスワンとオデットのためにヴァントゥイユの小楽節を弾く。それはたとえて言えば、ふたりの恋の国歌のようなものだった。――「スワン家のほうへ」

ヴェルデュラン夫人の「一党」――コタール、ブリショ、サニエット

コタール医師。「それにわたくし、コタール医師《せんせい》なんて申しません。神さまみたいな医師《せんせい》とお呼びしますわ」(「ソドムとゴモラ」のヴェルデュラン夫人の言葉より)。笑いを誘う登場人物。「女主人」によく見られようとして気の利いた言葉を連発したつもりでたいていは失敗します。ヴェルデュラン夫人のサロンに現れる藝術家のことがよく理解できない科学的精神の持ち主です。のちに語り手と語り手の祖母の診察をすることになり、ついには評判の高い大学教授になります。夫の病気を治してからヴェルデュラン夫人はコタールのことを「神さまのような医師《せんせい》」と評価しますが、ベルゴットからは逆に莫迦《ばか》扱いされていました。

医師コタールは医者を揶揄する昔からの伝統に組み込まれたひとりで、社会的かつ生活上で果たす役割と、ブルジョワの立場と出世主義の間で揺れ動く曖昧な人物という印象を拭えません。コタールは患者の枕もとにいるより社交的な場所にいる時間のほうが長いのですが、死んだ時は、仕事のしすぎで命を落としたと言われるのです。

コタールと並んで描かれる医者はまだほかにもいます。デュ・ブルボン医師とポタン医師です。小説に登場する医者たちの特徴は、明らかにプルーストが父親や弟や、自身の病気を診てくれた医者たちからばらばらに選び取ったものです。もっとも、実生活で自分が診察してもらったことについてプルーストはほとんど語ってはいませんが。

コタールは、「火曜日に学士院でお会いしましょう」と言うよりずっと頻繁に「水曜日にヴェルデュラン夫人のサロンでお目にかかりましょう」と言っていた。彼は水曜日のサロンのことをさも重要で欠席できない仕事のように話すのだった。――「ソドムとゴモラ」

「私はいつもは処方を二度繰り返すことはしません。ペンを貸してくださいますか。とりわけ牛乳です。それを続けて発作が収まり不眠症が解消されたら、少しポタージュを、それからピュレを召し上がってください。ただし、いつも牛乳《オレ》入りで。そう、牛乳《オレ》入りです。気に入って頂けると思いますよ。今はスペインが流行っていますから。オーレ、オーレ（病院で、心臓病患者や肝臓病患者に牛乳入りの食餌療法を処方するときはいつもこの地口を言うので、コタールの弟子たちもよく知っていた）。そのあと、ゆっくりとふつうの生活に戻ってください。でも、咳と息苦しさがぶり返したら、下剤を飲んで、腸を洗滌《せんでき》。ベッド《リ》。牛乳《レ》」――「花咲く乙女たちのかげに」

コタールはふだんからヴァカンスの間、患者は診ないと公言していたが、この海岸地方にいるときは特別に選ばれた患者だけ診たいと考えていた。その妨げになったのがここで多くの患者の診療に当たるデュ・ブルボン医師だった。――「ソドムとゴモラ」

ブリショは学識豊かなソルボンヌ大学教授として知識を鼻に掛けるところがあり、ノルマンディーの村の名前の語源に関する蘊蓄を滔々《とうとう》と述べ立てたりします。語り手はそんなブリショの話に興味をそそられます。戦争中は愛国的な記事をいくつも書き、多数の読者から歓迎される一方で、ヴェルデュラン夫人の嫉妬心に火をつける結果になりました。夫人は自分のサロンに引き留めるために、ブリショの二つの恋愛に横槍を入れます。

その晩餐には、常連のほかに、ソルボンヌ大学教授のブリショがいた。ブリショはヴェルデュラン夫妻と温泉地で知りあった。大学の職務や専門の研究で自由な時間がほとんどとれないということでなければ、もっと頻繁に夫妻を訪ねてきたことだろう。――「スワン家のほうへ」

だが、スワンは少なくとも、社交生活に関わる万般、さらには、知性の領域に由来するはずの附随的部分――つまり、会話――について、社交界の人々から徹底的に好悪をたたき込まれたので、ブリショの繰り出すジョークはどうしてもペダンティックで品がなく、胸が悪くなるほど厭らしいとしか思えなかったのである。スワンは上流社会のマナーを習慣として身につけていたから、この軍隊好きな大学教授が個々人に向かって話すときに、わざわざ軍隊式の荒っぽい言い方をすることに不快感を覚えていた。――「スワン家のほうへ」

かつて文書館で働いていた、裕福で気の小さいお人好しの**サニエット**はヴェルデュラン夫妻からいつもからかわれてばかりいます。どんな社会でもそうであるように、「小さな核」が維持されるのはスケープゴートがいるからです。サニエットを侮辱するのは、ヴェルデュラン夫妻が毎週水曜日の会食者たちに用意する残酷な見世物にほかなりません。

　サニエットの耳に、自分に質問をしているヴェルデュラン氏の声が聞こえた。氏はサニエットに視線を注ぎ、話している間、あたかも、この不幸な男をただちに狼狽させるのみならず、平静を取り戻す余裕を与えないかのようにじっと見つめ続けた。「サニエットさん。あなた、オデオン座のマチネに通っていたこと、私たちに隠したままだったでしょう」。部下をいじめるのが大好きな軍曹の前に出た新兵よろしくぶるぶる震えながらサニエットは答えた。それも、びんたをなるべく食らわないで済むように、できる限り言葉を短くして。「一度。『求める女』〈ファヴァール作の芝居。『才気を求める女《ラ・シェルシューズ・ド・レスプリ》』の一部だけ発音した〉に」。「彼は何と言っているのかな」と、よくわからない事柄を理解するのに最大限の注意を払ったのにまだ足りなかったのかとでも言うがごとく、不快さと怒りをともに表に出し、眉をしかめてヴェルデュラン氏が怒鳴るように言った。「第一、何を言っているのか理解できませんよ。口のなかに何か入っているんですか」。

ヴェルデュラン氏はますます激昂しながら、サニエットの発音の欠点を仄めかしつつ尋ねた。「サニエットさんがかわいそうですわ。あなたがサニエットさんを苦しめるのを見たくありません」と、ヴェルデュラン夫人が、夫の無礼きわまる意図に誰も気がつかないことを狙って憐れみを装った口調で言った。「私はも、も、求め……」。「も、も、ってね。あなた。もっとはっきり話すようにしなさいよ。それじゃ聞こえもしませんよ」とヴェルデュラン氏が言った。ほとんどの信徒がこらえきれずに吹きだした。白人が受けた傷が血の味を思い出させた人食い人種の集団に似ていた。――「ソドムとゴモラ」

シャルル・モレル（愛称シャルルリ）

「国立高等音楽院《コンセルヴァトワール》で一等賞を受けた」ヴァイオリニスト、アドルフ叔父の従僕の息子のシャルル・モレルはバルザックふうの出世主義者、すなわち、野心家で策略家、貪欲で残忍な男として描かれます。モレルは、バリのサロンで大人気の演奏家となり、ヴェルデュラン夫妻に可愛がられます。女も男もモレルの恋の相手でした。

神経衰弱（身体的症状を引き起こしかねない不安状態）になり、極端に怒っているかと思うと、極度に優しくなったりするので、そうした感情の起伏は偽りではないかといつも疑われています。シャルリュスはモレルを深く愛し（名前が似ていることも教え）、恋人にして庇護しますが、モレルからは裏切られ、苦しむことになります。モレルはある娘と婚約するものの、やがて遠ざけ、娘を堕落させる試みは失敗に終わります。その後彼は男爵の甥ロベール・ド・サン・ルーと関係を持ち、ロベールから金を巻き上げます。サン・ルーにとってモレルは、名前の発音が似ていることからしても、愛人のラシェルの分身というべき男でした。

戦争中脱走した廉《かど》で裁判にかけられると、モレルは罪をシャルリュスになすりつけます。負の面ばかり目立つこの登場人物は、作品の最後では藝術家としてたいへんな名声を得るだけでなく、徳を備えた人間と見なされるようになりました。

自らの藝術以外のことでは信じられないほど怠惰だった彼は、誰かに養ってもらう必要を感じていたが、その場合、シャルリュス氏よりもジュピアンの姪に養ってもらうほうがいいと思っていた。そうすれば、自由度が増すだけでなくて、堕落させる女をさまざまな候補から好きに選ぶことができるし、ジュピアンの姪をそそのかして探させる、その都度新しく悪徳の見習いになる女たちも、姪に誘惑させる金持ちの美しい婦人たちも彼の生活を支えてくれるだろうと考えたのである。――「囚われの女」

訪問したりされたり、クラブで過ごしたり、夕食に招待されたり、芝居を見に行ったりしていたために、シャルリュスはモレルの抱え込んだトラブルを解決することも、モレルが示す陰険で激しい悪意のことも考えられなかった。噂によれば、次々と変わる環境や滞在したさまざまな町でモレルが爆発させたり隠したりした悪意のせいで、それらの場所ではモレルのことは話すにしても震えながら声をひそめてだったたし、それでもあえて話そうという人はほとんどいなかったのだ。――「囚われの女」

ルグランダン

スノッブであることを隠すスノッブの典型。パリで技師として働く傍ら、コンブレーに休暇用の家を持っています。教養があり文学好きなルグランダンは貴族を軽蔑していますが、それは貴族の家に招かれない反動からです。フランス革命で貴族の首を残らず切り落とさなかったことはかえすがえすも残念だと口癖のように言っていましたが、ある親族の幸せな結婚で貴族中の貴族が住むフォーブール・サン・ジェルマンに入ってゆくことができるようになると、意見を変えます。彼はメゼグリーズ伯爵という名前になったのです。

小説の最初のほうで、ある富裕な地主に対して丁寧すぎる挨拶をしているルグランダンを見かけた語り手は彼の本性を見抜きます。

ルグランダンの顔からは異常なほどの熱情と活気がほとばしっている。彼は深々とお辞儀をし、それから急にそりかえったが、その反動で頭が最初の位置よりもいくらか後ろになってしまった。この挨拶は、妹のカンブルメール夫人の夫である侯爵から教わったに違いない。すばやく身を起こすこの仕草は、ルグランダンの尻の肉(それまで私はかほどに肉づきがいいと思っていなかった)を、隆々と盛り上がる激しい筋肉の波のように押し戻した。なぜかはわからないが、こうしたあくまで物質的なうねり、どこからも精神性が感じられない波、下品というほかない慇懃《いんぎん》さによって嵐に揉まれたかのようにいっそう盛り上がった、純粋に肉だけの波を目にした瞬間、突然のように、私たちが知っているルグランダンとはまったく違うルグランダンがいるかもしれないという思いが私のなかに芽ばえたのである。――「スワン家のほうへ」

人は誰でもいくらかはスノッブだから

人々に共通する悪癖

スノッブは、他とは異なる洗練された独自の趣味や行動や言葉遣いで、他の人々と自分は違うのだと示そうとします。そうした差別意識はしばしば、自分と同じ規範や価値観を共有しない他者に対して、程度の差はあれ、公然と示される侮蔑につながるでしょう。ボリス・ヴィアンのシャンソン「おれはスノッブ」の最後「おれが死んだときは、ディオールの店で屍衣を作りたいのさ」にあるように、ディオールの店で作った屍衣がほしいというだけがスノッブであるわけではないですし、スノッブすなわちお洒落だけを意味するわけでもありません。

プルーストの場合、スノビズムとは階級の問題ではなくて、いかなる社会環境においても見いだしうるものであり、各人はそこで自分を際立たせ、何らかの役割を果たし、自分より下の人間を軽蔑しようとするのです。

すでに海岸で耳にしたことのあるこのSimonet《シモネ》という名前すら、もし書いてみろと言われたら、この一族がnはひとつしか書かないということを重要視していることなど考えもせずに、きっとnを二つ続けてSimonnetと綴っただろうと思う。社会階級が下がるにつれて、スノビズムはつまらないことに固執するようになる。それはおそらく貴族階級が家柄をどうこういうのと同じであまり意味などないのだろうが、それよりもっと曖昧で、人それぞれによって異なるので、いっそう人を驚かせるのだ。たぶん困ったことを、あるいはもっと悪いことをしでかしたnが二つのSimonnet家というのがあったのだろう。とにかく、nがひとつのSimonet家では、誰かが間違えてnを二つ続けると、中傷されていると感じて腹を立てていたと思われる。彼らは二つではなくひとつのnのSimonet家であることに誇りを持っていて、それはモンモランシー家がフランス最初の男爵であることに誇りを持っているのと等しかったのである。――「花咲く乙女たちのかげに」

生まれながらの階級

スノッブのなかにもほんとうに洗練された人々が存在します。生まれついての気品を備えた彼らは自分たちの優位性が尊敬の対象になることに苦痛を覚えることはありません。スワンが優れているのはその教養と趣味の良さと知性です。オリアーヌ・ド・ゲルマントはその身分と才気煥発ぶりで、シャルリュスは複数の爵位といくつもの才能で、他の人々の上を行きます。彼らは自身の優位性を疑いません。従って、他者との差を平気で受け入れますし、彼らほど洗練されていない人たちとつき合うことも気にしません。そのことで自分の価値が危うくなることはあり得ないからです。
しかしスワンの卓越性はスワンふうの物の見方にかかっているので、彼ほど洗練されていない人々にはわかりにくいと言えるでしょう。そうした人々は洗練された知性より貴族の称号に左右されやすいからです。

頭のいい男は、自分と同じように頭のいい男から莫迦だと思われても平気である。同様に、優雅さを身上とする男は、貴族からそのことを否定されてもこたえない。彼が恐れるのは、がさつな男にあなたは優雅ではないと言われることだ。――「スワン家のほうへ」

ところでちょうどそのとき、まさかサン・トゥーヴェルト夫人邸で会えるとは思いも寄らなかったレ・ローム大公夫人の到着が告げられた。身分が高い人間に特有の親切心に駆られてやってきただけのサロンで、わざわざ自分の優越性を感じさせようとは思っていないことを示すために、かき分けるような群衆もいないのに、あるいは、先に誰かを通すわけでもないのに、夫人は斜めに肩を引いて入ってくると、わざわざ後ろのほうに留まって、それが自分の場所であるかのようなふうをしてみせた。あたかも劇場の入り口で列に並んだ国王が、連絡を受けた当局者が駆けつけて来るまではその場を離れないように。大公夫人は自分の存在を知らせたり皆の敬意を求めたりしていると思われないように、視線の先をただ、絨毯《じゅうたん》や自分のスカートの模様だけに限定し、もっとも慎ましく思われた場所に立ったままでいた。――「スワン家のほうへ」

出世主義者たち

そうした生まれついての洗練さに恵まれず、他人に認められたくて躍起になるものの自分が入りたい世界の規範がなかなか身につかないスノッブもいます。ある種の社会階層に属したいという明確な意志は時として下劣さや残忍さをもたらすことがあるのですが、モレル、コタール、あるいはバルベックのグランドホテルの支配人がその例です。

支配人は顔も声も傷だらけの起き上がり小法師を思わせる男で（顔の傷はたくさんのにきびを潰した痕《あと》であり、声に受けた痛手、つまりさまざまな訛りは、遠い国で生まれ、少年時代はいろいろな国《コスモポリタン》で暮らしたことが原因だった）、社交界用のタキシードを着込み、いかにも人間心理に詳しい人のような眼差しをしていたが、たいていの場合、「乗合馬車《オムニビュス》」が到着するたびに、貴族を吝嗇な客《ラルー》と取り違え、何とホテル荒らし《ラ・ドテル》を貴族と勘違いする始末だった。たぶん自分の月給が五百フランに満たないことを忘れて、五百フラン、むしろ彼の言い方に倣えば「二十五ルイ」は「大金」だと思っている人びとを彼は心底軽侮していて、グランドホテルに来るべきではない賤民《パリア》連中に属しているかのように考えていたのである。確かに、ここのように豪華なホテル《パラス》でさえ、たいして金離れがよくないのに支配人から尊敬されている人びとがいたけれど、そうして財布の紐を締めているのは、貧しいせいではなくて吝嗇《けち》だからだと支配人が確信している場合に限られていた。吝嗇《りんしょく》は悪癖というだけで、従ってどんな社会的地位の人間にもありうる以上、実際に吝嗇《りんしょく》だからといって、その人物の威信が揺らぐわけではないということなのだろう。そして、社会的地位こそ、支配人が注意を払う唯一の事柄だった。いや、社会的地位というより、社会的に高い地位にあることを示すように見えるさまざまなしるしと言えばいいのか、要するに、ロビーに入ってくるときに帽子を取らないとか、ニッカーボッカーやせいぜい腰くらいまでしかない短めのコート《パルトー》を身につけているとか、鞣《なめ》したモロッコ革のケースから緋色と金色の帯の巻かれた葉巻を取り出すといったことが重要だった（支配人には効き目のあるそれらの利点は残念なことに私にはすべて欠けていた）。彼は商売上の話をするときに、選び抜かれた表現を鏤《ちりば》めたが、その言葉の意味を取り違えていた。——「花咲く乙女たちのかげに」

抑圧されたスノッブたち

結局一番のスノッブは、スノッブを軽蔑しているふりをする人たちです。言うまでもなく悔しいからこそそういう態度に出るわけです。彼らは洗練された人々と知り合いたいなどという欲求はおくびにも出しません。ある種の社会に出入りしないのは、できないからではなくて故意にそうしているのだと他人に思わせます。

こうしたあからさまなスノビズムを体現している二人がヴェルデュラン夫人とルグランダンです。ヴェルデュラン夫人のサロンの格式張らない雰囲気、小皿を大皿のうえに載せないというやり方はスノビズムのひとつのかたちです。貴族のサロンとの違いを際立たせ、相手方のサロンを時代遅れにしてしまおうというブルジョワジーの女性、それがヴェルデュラン夫人です。しかしながら、いつのまにかヴェルデュラン夫人とルグランダンはパリの貴族階級の住む拠点であるフォーブール・サン・ジェルマンの住人となっていきます。

ヴェルデュラン夫妻がことさらに晩餐会の招待状を出すことはなかった。常連たちは夫妻の家では家族同然に、いつでも食事を振る舞われたからである。――「スワン家のほうへ」

要するに、ルグランダンはスノッブであった。たしかに、私や私の家の者たちがあれほど好きだった口調でその種の話題に触れることは一度もなかった。だから、私が「ゲルマント家の人たちをご存じでしょうか」と尋ねたとき、話し好きのルグランダンは「いいえ、知りたいと思ったこともありません」と答えたのである。ただ、不運なことにと言うべきか、こういう返事をしたのは実は第二のルグランダンだった。彼はそのルグランダンを注意深く自分の奥底に隠して、人目につかないようにしていた。それは第二のルグランダンが、私たちの知っている、話し好きの第一のルグランダンやそのスノビズムにとって都合の悪い話をいろいろ知っているからで、現に、第二のルグランダンは、傷ついた視線や引きつった口や重々しすぎる調子の返事や千もの矢――それは一瞬のうちに、第一のルグランダンの肉体に突き刺さり、彼を息も絶え絶えにさせるのだったが、その姿は殉教者聖セバスティアヌスのスノビズム版とでも言うべき風情を漂わせていた――によって、すでに返事をしていたのだった。『ああ、まったくあなたはどれほど私を苦しめるのですか？　いいえ、私はゲルマント家なんて知りません。私の人生の大きな苦しみを呼び起こさないでください」――「スワン家のほうへ」

以下に挙げるのはヴィルパリジ夫人のサロンで語り手と出くわした（ということ自体、すでにルグランダン自身の言葉と矛盾しているのですが）ルグランダンが口にした言葉です。

「あなたが『軽薄な心の持ち主』である城館のお仲間たちとつきあっていることはここにいてもわかります。それが現代のブルジョワの悪徳ですからね。まったく貴族なんていうのは。そもそも恐怖政治のとき、貴族の首をことごとくちょん切らなかったのがいけないんです。単なる陰気な莫迦野郎でなければ、とんでもないごろつきですよ、みんな。それにしてもかわいそうにねえ、そんなことが面白いなんて」――「ゲルマントのほう」

さりながら、人間心理のすぐれた探求者だったプルーストは、人物の言動の善悪を判断するのではなく、どうしてそういうことになるか理解しようと努めました。人物をからかってもそこにはつねに愛情が混じっていましたし、侮蔑や残酷さのレベルまで身を落とすことは決してありませんでした。彼が私たちに示すのは、ヴェルデュラン夫人のスノビズムには表に出ない亀裂があるということです。亀裂に隠されていたのは、孤独や人から見放されることへの激しい恐怖と、憂さを晴らし倦怠から逃れたいという欲求だったのです。

語り手はどういうスノッブだったのでしょう

作者プルーストがそうであったように、語り手も上流社交界に出入りして交際の輪を広げ、藝術論や文学論を開陳し、古くから続く血統や洗練されたドレスなどに感じ入ることはありますが、社交界から一歩も二歩も距離を保ち、批評精神にも恵まれていたので、単なるスノッブにはなりませんでした。スノビズムがどのように機能するかよく理解していた語り手は、自分が例外にはなりえないこともわかっていました。しかし、文学の道を選び、社交生活から引きこもった生活をしていたことは、彼がサロンでの賞讃とはまったく別の何かを目指していた何よりの証しとなるでしょう。

誰もが時を失いたくないから

語り手は小説の最初から最後まで、作家になりたいという願望と、恋愛と社交界への耽溺の間で揺れ動きます。彼はなかなか仕事に取りかかろうとせず、暇を持て余していることに罪悪感を抱きます。スワンと同じく、浮薄な事柄に才能を浪費する危険もありました。

もともとスワンが社交界を生活の中心に据えるようになったのもおそらくは虚栄心のなせるわざだったのだが、その社交界でスワンは、うわついた快楽を追い求めて、あたら知的才能をすり減らし、藝術《げいじゅつ》に関する該博な知識を、もっぱら社交界の婦人たちが絵を買ったり住んでいる邸宅の室内装飾を決めたりする際に発揮していたのだ。――「スワン家のほうへ」

タイトルに用いられた「失われた時」は、何より人が空しいことにかまけて無駄にする時間を指しています。それでは語り手もプルースト自身も、社交界と関わって時間を無駄にすることに絶望しただけ、という可能性があり得たのでしょうか。いいえ、そんなことは決してありませんでした。語り手もプルーストも、自ら書くべき本のために素材を積み上げ、それを通じて来たるべき書物のための修業をすることで失われた時間を豊饒に変える術《すべ》を心得ていました。彼らは世界を、社会的法則や心理学的法則とともに解読する方法を身につけたのです。

人間の記憶はギガバイトで測れるものではないから

よく知られたマドレーヌ

「失われた時」は過ぎ去った時間でもあります。過去を再び見いだそうとするとき、通常、人は記憶を駆使して思い出を蘇らせようとします。しかし、思い出が差し出すイメージは過去そのものと遠く離れているだけでなく、無味乾燥でデフォルメされてすらいます。こうした「意識的な」記憶がプルーストを満足させることはありません。それではほんとうの意味で失われた時を見出すことなどできないからです。ある日、語り手はお茶を飲むときにマドレーヌを浸します。すると今までにない経験が語り手にやって来ます。いま味わっている感覚が子どもの頃コンブレーで、やはりお茶に浸したマドレーヌを口にしたときの思い出を呼び覚ましたのです。その思い出から、小さな菓子に隠されたある世界の全体が蘇ります。

コンブレーについて、私の就寝にかかわるドラマとその舞台以外のすべてが私にとって存在しなくなってから、すでに多くの歳月が流れたある冬の日のこと、家に帰ってきた私が寒がっているのを見た母は、私の習慣に反してではあるけれど、少し紅茶を飲んだらどうかと勧めてきた。最初私は断ったが、なぜか思い直した。母は溝の入った帆立貝の貝殻で型をとったように見える、「プチット・マドレーヌ」と呼ばれる、小ぶりのぽってりしたお菓子をひとつ持ってこさせた。やがて私は、陰鬱だった一日の出来事と明日も悲しい思いをするだろうという見通しに打ちひしがれて、何の気なしに、マドレーヌのひと切れを柔らかくするために浸しておいた紅茶を一杯スプーンにすくって口に運んだ。とまさに、お菓子のかけらのまじったひと口の紅茶が口蓋に触れた瞬間、私のなかで尋常でないことが起こっていることに気がつき、私は思わず身震いをした。ほかのものから隔絶した、えもいわれぬ快感が、原因のわからぬままに私のうちに行きわたったのである。人生の苦難などどうでもよくなり、災難などは無害なものにすぎず、人生の短さなど錯覚だと思われた。それは恋愛の作用と同じで、私を貴重な何かの本質で満たしたのだ。あるいはむしろ、その本質は私のなかにあるのではなくて、私自身だったと言うべきだろうか。私はもはや自分が平凡な、偶然に存在するだけの、死すべき存在だとは感じていなかった。この力強い喜びはどこから来たのか？　それは紅茶とお菓子の味に関係があるものの、それをはるかに超えたもので、同じ性質のものではあり得ないと私は感じた。それはどこから来たのか？　何を意味しているのか？　それをどこでとらえたらいいのか？　私は二口目を飲む。だが、そこにはひと口目のとき以上のものは何もない。三口目がもたらすものは二口目より少ない。いったんやめるべきだ。紅茶の効き目はあきらかに衰えている。私が求めている真実は紅茶にあるのではなくて、私自身にあることは明らかだ。紅茶はその真実を目覚めさせはしたけれど、それがどういうものかはわからないまま、ただひたすら、私には解釈する術《すべ》のない証言をいつまでも繰り返すことしかできない（しかも、その力はしだいに弱まるばかりだ）。私は、せめてもう一度紅茶に問いただし、その証言を最初のままの状態で見出して、決定的な解明に結びつけたいと願う。私は茶碗を置き、自分の精神のほうを向く。真実を見つけるのは精神の仕事だ。だが、どうやって？　精神が自らを制御できないと感じるたびに必ず生ずる深刻な不安、精神全体が暗黒の世界と化してなお、探求者としての精神は探求を続けなくてはならず、しかも、それまでの蓄積がいっさい通用しないときに感じる不安。探求するだけでは足りない。創り出すことが必要だ。精神はまだ存在していない何か、精神だけが形にして、自らの光の世界に導き入れることができる何かの前にいる。

（略）私は精神の行く手を空白状態にして、そのすぐ前に、まだそう遠くに行ってはいない最初のひと口の味をもう一度置いてみる。何かが私のうちで打ち震え、場所を変え、上にあがってこようとしているのを感じる。深い海の底から碇《いかり》を上げるように持ち上げなくてはならない何か。何かはわからないが、それはゆっくり上がってくる。私は手応えを感じ、はるかな距離を越えてくるその響きを耳にする。

（略）

その思い出、すなわち、昔の瞬間——それと相似た瞬間が遠くから私の奥底にやってきて、その牽引力《けんいん》を駆使して促し、かき立て、立ち上がらせようとしている昔の瞬間——は私のはっきりとした意識の表面にたどり着いてくれるだろうか？ 私にはわからない。いまはもう何も感じられない。止まってしまった。ふたたび沈んでいったのかもしれない。その夜の闇からいつかまた上がってくるか、誰が知ろう？ 十回も私はやり直して、その思い出のほうに身をかがめねばならない。そのたびに、困難な任務や大切な仕事となればどんなものからも気を逸《そ》らさせる精神のゆるみが私に勧めた、そんなことはやめにして、気軽に反芻《はんすう》できる今日一日の気がかりや明日の欲望のことだけをただ考えて目の前の紅茶でも飲んでいたほうがいいと。

そのとき突然、思い出が姿を現した。これは日曜の朝、コンブレーで（というのも、日曜日はミサの前には外出しなかったからだが）、レオニ叔母の部屋へおはようを言いに行ったときに、叔母がいつも飲んでいる紅茶か菩提樹《ティユール》のハーブティーに浸して私に差し出してくれたマドレーヌの味だった。見ているだけで味わうことがなければ、プチット・マドレーヌは私に何も思い出させることはなかった。その理由は以下のように考えられるかもしれない。つまり、それ以後、お菓子屋の棚の上で見かけることはあっても、食べたことはなかったので、その姿はコンブレーの日々を離れて、もっと最近の他の日々と結びついた。これがひとつ。そして、かくも長い間記憶の埒外《らちがい》にうち捨てられていたこうした思い出は、すべて瓦解してしまって、あとには何も生き延びなかった。これが二つ目ということになるだろうか。それらの形――謹厳で敬虔《けいけん》とすら言える筋に隠れて、あれほど官能的なまでにむっちりとしたお菓子屋の小さな貝殻の形もそうだが――は、姿を消すか眠り込むかして、膨張する力を失い、意識まで到達することができなかったのだろう。だが、命ある存在が滅び、事物が破壊されたあと、古い過去から何も生き延びることがなかったときでも、はるかに弱々しげでありながら、ずっと強靭にして非物質的な、もっと執拗《しつよう》で忠実なもの、すなわち、匂いと味だけがなおも久しい間、魂魄《こんぱく》さながらにとどまって、他のすべてが廃墟と化したその上で思い起こし、待ち望み、期待し、たわむことなく、匂いと味のほとんど感知できないくらい小さな滴《しずく》の上で支えるのだ、思い出の壮大なる建築物を。

そして、叔母が私にくれた菩提樹のハーブティーに浸したマドレーヌのひと切れの味を私が認めるや否や（その思い出がなぜ私をあれほど幸福にしたか、そのときの私にはまだわからなかったので、その解明はもっとあとまで待たなければならなかった）、すぐに、叔母の部屋のある、道路に面した古い灰色の家が、私の両親のために庭に面して建てられた母屋の裏の小さな離れ（私がそれまで思い出していたのは、他と切り離されたこの離れの一角だけだった）と、芝居の書き割りのようにつながった。家とともに町が（朝から晩まで、さまざまな天候のときの姿のまま）、昼食前によく行かされた中央広場が、買い物をしに行った通りが、天気がよいときにたどった道が現れた。日本人がよくする遊び――陶磁器のお椀に水を満たし、そこに、小さな紙片をいくつか浸して遊ぶのだが、水に沈めたと思うと、紙片はたちまち伸び広がり、ねじれて、色がつき、互いに異なって、誰が見てもわかるしっかりしたかたちの花や家や人物になる、そんな遊びと同じように、いま、私たちの家やスワンの家の庭に咲くあらゆる花が、ヴィヴォンヌ川の睡蓮《すいれん》が、善良な村人たちが、彼らの小さな住まいが、教会が、コンブレー全体とその周辺が――そうしたすべてが形をなし、鞏固《きょうこ》なものとなって、町も庭もともに、私の一杯の紅茶から出てきたのである。――「スワン家のほうへ」

純粋状態の時間

そのようにして語り手は、「無意識的記憶」と彼が名づけたものの力で真のコンブレーを見いだすのですが、マドレーヌの挿話のあとでも、語り手はどうしてそうした過去の蘇りが自分をあれほど幸福感で満たしたか依然として理解できません。

およそ三千ページあと、すなわち、落胆の果てに作家になることを諦めかけた語り手にいくつもの同様の経験が蘇り、その意味を明かしていきます。不揃いの敷石に躓《つまず》いたこと、匙が立てる金属音、糊の効きすぎたナプキン、図書室で見たある本の題名……それらの印象がこぞって思い出を蘇らせ、語り手の喜びを高めます。しかし、その意味を理解するのはなおさら容易ではありません。哲学者プルーストはそこに焦点を合わせます。無意識的記憶は時間を超越した事物の本質を解き放つものであり、過去のそうした真実を蘇らせ、永遠の時のなかでとらえ直す唯一の手段が藝術作品にほかならないのです。それがプルーストの作品を根幹から支える要になりました。

それまで語り手は想像の世界でしか喜びを味わえず、実際の経験では失望ばかりしていました。

それだけに結末は幸福なものになります。無意識的記憶を通して、現在の感覚と過去のイメージが折り合いをつけるのですから。そこに「見いだされた時」によって感じる喜びが生まれます。そうなればあとは書かなくてはいけません。一刻も早く仕事に取りかかって、小説のなかでそうしたすべてを表現することが語り手の責務になります。

この作品は線としてとらえられた時間のなかで起こる出来事を年代順に並べた物語ではなくて、同時に存在するいくつもの経験を入れる共鳴箱、あるいは文学の大聖堂となるはずです。それをプルーストは「私たちの人生はほとんど時系列を無視して成り立っていて、日々の流れに多くの時間的錯誤が入り込んでいるから」(花咲く乙女たちのかげに)と書いています。

私の作品を仕上げるのに十分なほど長い間、私に力が残されているとすれば、最初に私がすべきなのは、そこで人間たちを(たとえ怪物のような存在と呼ぶしかないものに化したとしても)、空間的に見ればあれほど制限されていながら、逆に「時」のなかでは——歳月のうちに沈んだ巨人のように、それぞれ大きく離れた時代に同時に関わってくる以上、また、その時代の間を埋めるかのごとくあまたの日々がやってきてはそこに身を置いたことからしても当然なのだが——限りなく引き延ばされて、壮大な部分を占める存在として描くことであろう、そう、すべてを「時」のなかで。「完」——「見いだされた時」

「幸せな愛などない」*から

*ルイ・アラゴン

プルーストにとって、時間と記憶は幸福で、藝術的にも豊饒な経験だとしても、恋愛は不幸そのものです。身も蓋もない言い方をすれば、プルーストには（母親に対する愛は別として）愛というものが存在しません。少なくとも、お互いに愛し合う情熱も、ロマンチックな恋も、永遠の愛を誓う恋愛も、ひとりだけを信頼して裏切ることなく愛し続ける恋愛もありません。現実に愛される知り合いというものがいないのです。

嘘と裏切り

あらゆる登場人物（サン・ルー、モレル、コタール、ヴェルデュラン夫人……）が騙し合い、自分にも他人にも嘘をつきます。住民の淫蕩のために神の怒りを買って滅ぼされる旧約聖書の町と同じ名前「ソドムとゴモラ」という篇があるのは意味のないことではありません。友情さえ失望を誘うばかりです。サン・ルーが男を愛する男だと知った語り手は裏切られたと感じて、サン・ルーについて以下のように言います。「彼が女を愛している限りは友情を結ぶことができたのだが」（消え去ったアルベルチーヌ）。

恋愛の幻想

恋愛は幻想であり、想像上で組み立てられたもの、ないしは苦悩にほかなりません。原因そのものが幻想である以上、そもそも矛盾を孕んだ苦悩です。前にも引いたスワンの言葉を思い出しておきましょう。

「自分の人生の何年も台無しにしてしまったとはね。とくに好きでもない、ぼくの趣味に合わないあんな女のために死のうと考えたり、これこそ我が人生最大の恋だなんて考えたり。まったく何ということだろう」。——「スワン家のほうへ」

以下は、人間心理の探究家であり人間の魂の分析家でもあったプルーストの言葉と考えていいでしょう。

確信が変われば恋愛も消え果てるので、確信より前から存在していてあちこち移動を繰り返していた恋愛は、女がほとんど到達し得ない存在だと言うだけで、その女のイメージの前で歩みを止める。それからは、想像するのが難しい女自身のことより、どうしたら女と知り合えるかということを考えるようになる。不安の過程がそっくり展開してゆくと、それだけで私たちの恋愛は、よく知りもしないのに恋愛対象になったその女の上に固定されてしまう。恋愛がどんどん大きくなってゆく一方で、私たちは現実の女がそこで占める場所はほとんどないことなど考えもしない。――「花咲く乙女たちのかげに」

プルーストによれば、私たちが恋に落ちるのは観念と幻想の働きにすぎません。スタンダールはプルースト以前に『恋愛論』（一八二二年）のなかで、それを「恋愛の結晶作用」と名づけました。私たちの欲望は相手を理想化することでほんとうの性質を隠し、凝縮と凝固を経て、水晶のごとく硬くなって固定化します。言い方を変えると、人は自らの欲望を、現実の相手にいだく欲望以上に、理想化した相手に投影するのです。

彼はオデットを長い間見つめ、かつての魅力をもう一度捉えようとするが、それはもう見つけることができない。だが、この新しい蛹《さなぎ》のうちにいまも息づいているのはまさしくオデットであり、儚《はかな》く、つかまえどころのない、表立って現れぬ、昔と同じ意志であった。それを知るだけで、スワンはオデットをつかまえたいという変わらぬ情熱を持ち続けることができるのだ。そしてスワンは二年前に撮った写真を眺め、彼女が如何に魅力的だったかを思いだす。オデットのためにこれだけ苦しんでいることも、その思い出で少し慰められるような気がした。

――「スワン家のほうへ」

そして「嫉妬のなかには愛以上に自己愛がある*」ものだから

*ラ・ロシュフーコー『箴言集』

愛してるって、まさかね。俺も違うぜ《ジュテーム・モワ・ノン・プリュ》*

*セルジュ・ゲンズブール

ふつうの恋愛小説とはまったく別物ではありますが、『失われた時を求めて』には嫉妬の話があまた描かれています。プルーストの場合、登場人物は誰かに恋をしていると考えると、相手について知っている以上の空想で包み込みます（スワンはボッティチェリのある絵の女性に似ているということからオデットに恋をするようになります）。そして実際に知り合うと、（たとえ相手が相変わらず顔を隠していたとしても）幻滅するのです。それなのに、自分の前から姿を消すと、嫉妬に襲われ、欲望の力学が働いて、それを恋が再び戻ってきた証左と勘違いすることになります。それがオデットに対しスワンが、アルベルチーヌに対して語り手がたどる道筋です。ただ二人の違いはあって、スワンが何も理解せず、不誠実な対応をするのに比べて、語り手はたとえ変えることは不可能だとしてもアルベルチーヌの心情を精緻に分析します。

> 逆に、アルベルチーヌについてはこれ以上知るべきことはなかった。彼女は日を追うごとに美しさを失ってゆくように見えた。彼女がほかの人間のうちに掻きたてる欲望に気がついたときだけ、私は再び苦悩を感じ、そうしたほかの人間と競い合いたいと感じた。アルベルチーヌ

は私から見てすこぶる賞讃に値する女に見えたのだ。彼女は私に苦悩を与えることはできたが、喜びは一切齎《もたら》してくれなかった。苦悩を通じてのみ、私の厄介な執着心は生命を保っていたのである。――「囚われの女」

嫉妬と警察さながらの尾行

スワンは知的な男性ですが、オデットが自分と逢ったあと、自宅に男を迎え入れたのではないかと思い込み、深夜、オデットの家の窓辺に行って様子を探ろうとします。

「人生のほかの時期ではいつでも、誰かの日常のささいな出来事や行為はスワンには例外なく価値のないものに見えた。そういうものに関する無駄話や悪口はまったく無意味だったし、そんなことに耳を向けているのは自分のなかでもっとも俗っぽい注意力でしかなかった。そういう時間、スワンは自分がこのうえなくつまらない人間だと感じた。さりながら、恋愛のこうした奇妙な時期には、個人というものがじつに深い意味を持つ存在になりうるので、女のほんのささやかな行動に対してスワンのなかに目覚めた好奇心は、かつて人類の歴史に抱いた好奇心と同じだった。今までなら恥だと考えたすべてのこと、たとえば窓の外で中を窺ったり、もしかすると、明日になってから利害関係のない人をつかまえて上手に聞きだしたり、召使いを買収したり、ドアで聞き耳を立てたりするようなことも、スワンにとってはもはや、テキストの解読やさまざまな証拠の比較や歴史資料の解釈と同様に、正真正銘の知的な価値を持った科学的かつ真実の探求にふさわしい研究方法としか思えなくなった。――「スワン家のほうへ」

プルーストにおける嫉妬には、さまざまな意味を持つ表徴を読み解く途方もない訓練という面があります。妄想を紡ぎ出す性癖のせいで、スワンも語り手も女が何かを隠したり嘘をついたりしているのではないかと疑って、絶えず女の言葉や仕種や沈黙の意味を解釈しようと躍起になります。「スワンの恋」でも「消え去ったアルベルチーヌ」でも、嫉妬に駆られた者たちの追及は小説に推理小説《ミステリー》の次元を持ち込むことになります。相手を追い詰め、嫉妬心から自由になれず苦しみ続ける理由を探してばかりいるスワンや語り手が、刑事とマゾヒストの側面を持つことは当然だと言えるでしょう。

スワンは自分の病苦について、あたかも研究のために自らにその菌を接種した医師のごとき炯眼《けいがん》を発揮して仔細に検討を重ねた結果、こう考えた、この病苦から立ち直った日には、オデットが何をしようとまったく気にならなくなるだろうと。だが、こんな病的な状態にあって、スワンが死と同じ程度に恐れていたのは、そのように恋の苦しみから恢復することだった。恢復はいまのスワンが完全に死に絶えることを意味するだろう。――「スワン家のほうへ」

想像上の病気

もはや嫉妬を感じないとすれば、恋愛から立ち直ったということになります。しかし人は恋をしていると信じているときはもはや愛が消えたなどと絶対に考えようとしないものです。『失われた時を求めて』のなかで恋愛への言及がなされるとき、病気と恢復の譬喩が繰り返し用いられます。嫉妬する恋人は、モリエールの『病は気から』〔原題の直訳は「病気だと想像する男」〕の主人公アルガンと似ています。病気になる理由など現実に存在しないのに、恢復したくはないのです。レオニ叔母や、自分が病気だと思い込んでいるだけのアルガンのように、病気であるというのは、何かとちやほやされて絶えず励まされるはずだと確信することにほかなりません。嫉妬はヴェルデュラン夫人のスノビズムと同じ苦悩、すなわち、見捨てられる苦しみを抱え込んでいる——卓越した人間心理の探究家だったプルーストはこのように私たちに告げているのではないでしょうか。

プルーストは異端でありLGBTだから

事実、『失われた時を求めて』には硫黄〔悪魔の匂いがするとされる硫黄は異端を意味する〕のにおいが芬々《ふんぷん》と漂っています。それは旧約聖書の神ヤハウェがソドムとゴモラの町に火とともに流し込んだ硫黄のようなものでしょうか。一九二一年、男女の同性愛を描いた「ソドムとゴモラ」を出版したとき、プルーストはスキャンダルを引き起こすのではないかと考え、人々の反応を恐れます。そのとき彼の脳裡にあったのは「背徳の罪」で懲役刑を受けた英国の作家オスカー・ワイルドの裁判でした。

同じ時代にあって、アンドレ・ジッドは同性愛と男色に関する対話の書『コリドン』〔一九二四年〕

を本名で刊行する勇気はありませんでした。とはいえ、「ソドムとゴモラ」はさほどスキャンダルにはならず、検閲は一切受けませんでした。これは一九二一年当時、とくに英国と比べてフランスでは表現の自由がまだしも保証されていたことを意味します。英国では数年後の一九二八年になってもD・H・ロレンスの『チャタレイ夫人の恋人』の出版が認められなかったのですから。

「女はゴモラを持ち……」

語り手はヴァントゥイユ嬢と女友達が愛を交わす場面をたまたま目撃します。

「お嬢《マドモワゼル》さまは今晩、とってもみだらなことを考えているようにわたし、思うんだけど」。とうとう彼女が言ったのはこういう言葉だった。おそらく、以前、女友達が言った言葉をただ繰り返しただけなのだろう。

ヴァントゥイユ嬢はクレープ〔縮緬〕のブラウスの胸もとに女友達がすばやくキスをするのを感じて、小さく叫び声を上げ、身を離した。二人は飛び跳ねたり、翼のような広い袖をひらひらさせたり、恋に落ちた鳥のようにくっくっと笑ったり、甲高い声を出したりしながら追いつ追われつ戯れていた。ついにはヴァントゥイユ嬢のほうがソファに倒れ込み、女友達がその上に体を重ねた。――「スワン家のほうへ」

「……そして男はソドムを持つだろう」*（アルフレッド・ド・ヴィニー）

〔＊「ソドムとゴモラ」巻頭に置かれた詩句〕

語り手は、アパルトマンのある建物の中庭で誘惑の戯れをしてから自分の店に入ったジュピアンとシャルリュスの行為に耳をそばだてます。

とは言え、聞こえて来た音はあまりに荒々しかったので、もしそれよりも一オクターヴ高い音が並行したうめき声として繰り返されなかったなら、私は誰かが私のすぐ近くでもう一人の喉をかき切ったあと、殺人者と蘇った犠牲者が犯罪の痕跡を消すために風呂を浴びているとでも思ったことだろう。この経験から、のちになって私は、苦痛と同じくらい騒々しいものがあり、それは快楽であって——黄金伝説のようにほとんどあり得ない場合は別にして、子どもができる心配がない今回のような場合——その音は事後ただちにきれいにしなくてはと考えるときはことに高まるものだという結論に達した。それから三十分ほどしてから二人は話し始めた（その間私は小窓から様子を見るべく忍び足で梯子を登ったが、窓は開けなかった）。ジュピアンはシャルリュス氏が渡そうとする金を頑なに拒んでいた。——「ソドムとゴモラ」

現れるしるしは間違えない

マルセル・プルーストが目指したのは、読者にショックを与えて世間を騒がせることではありません。彼は自ら「性的倒錯」と呼ぶものについて深い思索を披瀝《ひれき》します。それは極めて個人的な関心事として、自身のセクシュアリティとどう関わっていくかという問題と結びついた分析でもありました。『失われた時を求めて』が明らかにしているのは、ふつうの社会の蔭に隠れて存在している社会です。そこは、互いの違いや、彼らが存在を許されていない社会と共通する「悪徳」を隠す一方で、それを認め合いもする人々の間で交わされる、きわめて巧妙なやりとりの場となります。誰もが互いに探しあい、観察し合い、「どういう人間なのか」を知るためにさまざまなしるしを投げ合うのです。最初の頃の語り手は世間知らずで、そうしたしるしがまったく理解できません。嫉妬に苛まれてはじめてスワンや語り手のような異性愛者も目を開き、それらのしるしの意味を理解しようとします。

語り手がバルベックで初めてシャルリュスに出会ったとき、男爵は若い青年である語り手を誘惑しようと試みますが、語り手はそこに異常さしか見ることができません。

男はこれ見よがしに反り身になって口もとを引き締め、口髭をひねり上げて、どこか無関心で厳しい、ほとんど侮辱的なところのある目をした。奇異の念を感じさせるその表情を見て、私は男が泥棒か精神異常者なのではないかと思った。——「花咲く乙女たちのかげに」

アルベルチーヌのことをしげしげ観察するようになるのは以下の場面でコタールが教えてくれたことによります。

「ほら。ご覧なさい」とコタールは私に、しっかり抱き合いながらゆっくりワルツを踊っているアルベルチーヌとアンドレを示しながらつけ加えた。「鼻眼鏡を置いてきたのでよくは見えないのですけれどね。でも、間違いなくあの二人は快楽の絶頂にいますよ。あまり知られていないことですが、女性の場合、快楽を感じるのは乳房を通じてなんです」。——「ソドムとゴモラ」

この種の指摘は語り手の疑惑を呼び覚まし、それ以後彼はアルベルチーヌの挙動を見張ることになっていきます。

もっとも長い文

『失われた時を求めて』全体を通じてもっとも長い文は「ソドムとゴモラ」のなかにあります。ひとつの文なのに八百五十四語もあるのです。これは実際に現物に当たっていただかなくてはなりません。もしこの本にそれをすべて載せるとすると、かなりのページ数が必要になるからです。その文は同性愛者としてどう生きるかという長い分析の中盤にあり、隠れた場所で、否定のうちに存在し、メンバー各自がその一員であることを恥じるがゆえに、共同体として存続すらできない共同体を拒絶することの意味はどこにあるのかという極めて鋭い論証を含んでいます。プルーストはそこに、オスカー・ワイルドを仄めかす言葉を挟みこみましたし、同時代のユダヤ人との比較も忘れてはいません。プルーストがユダヤ人の母親から生まれ、同性愛者だったことを思い出してください（彼はジッドをはじめ何人かには打ち明けていましたが、それ以外の人たちには黙っていました。理由は想像できます）。八年間そばに仕えたセレスト・アルバレがプルーストの同性愛を否定していることこそ、プルーストが直面していたタブーや偏見が存在していたことの証明と言えます。

以下に引くのはそのみごとな文の半分もありません（それでも読者はすでに多いと感じると思いますが）。そこに見られる挑戦的で激しい調子は小説の残りの部分と対照をなしています。どうかたっぷり時間をかけて読み、そして理解してください。

束の間の名誉しかなく、罪が発覚するまでの一時的な自由しか与えられず、前日まではあらゆるサロンで賞讃され、ロンドンのどこの劇場でも喝采を浴びていた詩人が翌日には一切の家具附きのアパルトマンから追い出されて頭を休める枕一つ見つからなくなるような不安定な地位しか得られない（失墜したオスカー・ワイルドへの暗示）彼らは（略）ドレフュスのまわりにユダヤ人たちが群がったように、犠牲者のまわりに多くの人々が集まる大きな不幸の日々を除けば、同類のものたちの共感からも――ときには社会そのものからも――排除されているのみならず、鏡に映った自分のありのままの姿を見るときのような嫌悪感を同類たちに与えるのだが、鏡はもはや同類たちを喜ばせるどころか、同類たちが自分では認めようとしてこなかったありとあらゆる欠点を際立たせ、彼ら同類たちが愛と呼んでいたものが（略）自ら選んだ理想の美から生まれてくるのではなくて、不治の病から生じたものだということを理解させるのであり（略）そこから生じた振る舞いが属するのは、人間集団から排斥される部分でありながらも重要な部分で、あると思われたところには存在せず、あると思われていなかったところに傲然と、罰せられることもなく拡がっていて、至るところ、つまり人々のなかに、軍隊に、寺院に、徒刑場に、玉座に賛同者を持っており、結局は、少なくともその多くは、他の種族との穏やかで危険な親密さのうちに生きるなかで、相手を挑発し、まるで自分のものでないかのごとく、自らの悪徳についてゲームさながら話題に載せて楽しんだりもするのだが、相手が気がつかなかったり間違ったりすればそのゲームは容易になって、調教師が猛獣に食われる悲劇的な日まで続くことさえあるので、その日までは自分の生活を隠し、見たい対象から視線をずらし、見たくもない対象に視線を注ぎ、自分の語彙にある形容詞の性を変えたりしなくてはならないとしても、そうした社会的束縛は、彼ら自身の悪徳、あるいは不適切にもそう呼ばれているものが、他者に向かってではなく、自分自身に、それも自分の目には悪徳と見えない形で押しつけてくる内的束縛に比べればまだ軽いのである。——「ソドムとゴモラ」

カミングアウト

「ソドムとゴモラ」以降の篇（「囚われの女」「消え去ったアルベルチーヌ」「見いだされた時」）では、カードがひっくり返され、すべてが明るみに出されて、語り手はロゼッタストーンのような貴重な発見をすることになります。シャルリュスやロベール・ド・サン・ルーやアルベルチーヌ、ゲルマント大公やジルベルトやヴェルデュラン夫人やグランドホテルのエレベーターボーイ、アンドレ（アルベルチーヌの女友達）、ルグランダンらの謎に満ちた言葉を理解することが可能になったのです。あらゆる登場人物が姿を一変させます。

アンドレはアルベルチーヌの一番親しい友達で、アルベルチーヌがバルベックから急いで戻ってきたのもアンドレのためだったことを思い合わせると、アンドレにもあの趣味があることがわかった今、私の精神が出さざるを得なかった結論とは、アルベルチーヌとアンドレは依然として関係を続けていたということだった。――「消え去ったアルベルチーヌ」

シャルリュス氏がその夜会に来ていた身分の高い何人もの人々とこそこそかわした言葉に気がついたひとがいたらさぞかし驚いたことだろう。その人々とは、二人の公爵、傑出した将軍、大作家、卓越した医師、著名な弁護士だった。シャルリュス氏が発した言葉は次のようなものだった。「ときに、あの家僕は以前からいましたか。馬車に乗る小柄なやつのことですが。ゲルマントの私の従妹の家では何も聞いていませんか」「ええ。今のところは」（略）社交界の大きな夜会というものは、もし十分に深いところでその断面を切り取ることができれば、医者が患者を招く夜会を思わせるに違いない。患者たちはすこぶるまともな言葉を話し、立ち居振舞もしっかりしているので、万一通りすがりの老人を指して「あれはジャンヌ・ダルクですよ」などと耳もとで囁きさえしなければ、狂気に囚われているようには見えないだろう。――「囚われの女」

アルベールかアルベルチーヌかはどうでもいい

語り手は男性への愛情を有しているとは見えない稀な登場人物のひとりです。むしろ逆に、彼は女性に対する欲望を絶えず表に出します。性的倒錯に対して表面的にそのような立場を示すことで、いっそう客観的な分析や、さまざまなしるしを求めてそれらを解読する駆け引きが可能になるのですが、「ソドムとゴモラ」の「男・女」に関する長い分析において顔を出すさまざまな感情は、作者プルーストの感情だったのではないかとつい考えたくなります。

……言うなればそれは母を失った息子、母に対して一生涯のみならず、目を閉じてあげるときすら嘘をつき続けなくてはならない息子である。あるいは、たとえ、彼らの魅力を通してしばしば友情を感じる者たちや、たいていは善良な心によって友情を覚える者たちがいるとしても、まことの友情を欠いた友人たちと言っていい。そもそも、嘘の力で育まれる関係、つい信頼して正直に自分をさらけ出したりすればたちまち嫌悪で返される、そんな関係を果たして友情と呼べるものだろうか（ダルビュヒュラやフェヌロン、アルマン・ド・カイヤヴェの場合を考えてみましょう）。――「ソドムとゴモラ」

シャルリュスのような人物が繰り広げるわざとらしい場面（ジッドやロベール・ド・モンテスキウはそれでプルーストを非難しました）とはほど遠い、きわめて誠実な一節です。

プルーストが明らかにした異性愛と同性愛の間に存在する真の違いとは、社会的かつ心理的な違いです。性的倒錯者は、個人的にも社会的にも生きづらさを抱えて生きていかなければならない少数派として烙印を押されます。しかし、恋愛について語るとき、プルーストはもはや両者に差をつけることがありません。「感情は同じで」「対象が異なる」（ソドムとゴモラ）だけだからです。ですから、一部の人たちがするように、アルベルチーヌはアルベールの変装にすぎないかどうか詮索することにまったく意味はありません。

誰も最初から自分が性的倒錯者であるとか詩人やスノッブや悪人だとかを知っているわけではない。恋愛詩を暗誦したり卑猥な絵を見たりしたどこかの中学生が友達の体に身を押しつけたとしても、それは女に対する同一の欲望を友達と共有していると想像しただけのことだ。ラ・ファイエット夫人やラシーヌやボードレールやウォルター・スコットを読んでいる少年がそれらの著作のうちに、日頃自分が感じているものの実体を見いだしているとしたら、どうして自分がほかの人たちとは違っているなどと考えられるだろう。――「ソドムとゴモラ」

私たちに歴史に関する独自の窓を開いてくれるから

プルーストは、ユーゴーやスタンダールやバルザックやフローベールといったロマン主義の小説家の系譜に立って、自分が生きる時代に根を下ろした小説、あるいは登場人物の人生が同時代の歴史的大事件と交錯し、社会と技術の進歩を証明する歴史的物語《サーガ》を書いたのです。

総体的に時系列をなす枠組み

『失われた時を求めて』の時系列は定かではありません。プルーストが日附に縛られないからです。この小説がとくに、出来事の順番通りではない記憶と感情のカレンダーに従って進んでいくことはよく知られています。それでも、日附を特定できる政治や文化に関わる出来事への言及はたくさんあります。それらを指標にすれば、歴史的年表を復元することは可能です。

小説中の歴史はおよそ一八七八年前後に始まります。おそらくは作者より何歳か年下の語り手が生まれた年で、この頃スワンとオデットが出会います。スワンは共和国大統領のジュール・グレヴィと晩餐をともにしますが、グレヴィの任期は一八七九年一月からでした。『失われた時を求めて』の最後はそれほど明快ではありません。それが第一次大戦後だということはご存じでしょう。しかし、終わり近くになると、プルーストが関心をいだくのは、個別の歴史のなかの人間ではなく、一般的に「時」のなかで生きる人間になります。

物語が展開するのは第三共和制〔一八七〇～一九四〇年〕の時代です。期間としてはおおよそ五十年（作者が他界した年齢くらい、つまりプルーストが生きた時間です）に相当します。

作品には歴史的な二つの大事件が影を落としています。ドレフュス事件と第一次世界大戦です。それぞれの事件についてプルーストは独自の視点から描きました。

ドレフュス事件の簡単なおさらい

一八九四年、ユダヤ人のアルフレッド・ドレフュス大尉はドイツのスパイの容疑で起訴されます。裁判のときに軍が提出した証拠は偽造されたものでした。一八九五年、ドレフュスは位階を剝奪され、仏領ギアナ沖の監獄島に流刑となります。ドレフュスの兄は、情報局のピカール中佐の力を借りて、弟の無罪を証明すべく奔走し、ピカールは真犯人が陸軍少佐のエステラジーであることを突き止めます。

一八九八年、エステラジーは軍法会議で無罪を言い渡されます。このときを境にほんとうの意味でドレフュス事件は人々の話題となりました、それはまさしく「事件」になったのです。フランスはドレフュス無罪を支持するドレフュス派と、ドレフュスの有罪を主張する反ドレフュス派に二分します。大きな括りで言えば、左派の共和主義者と、右派のナショナリストおよびカトリック勢力の対立でした。一八九八年八月、アンリ少佐が、ドレフュスを貶めるために偽書を作ったことを告白します。少佐は投獄され、獄中で自ら命を絶ちました。途方もないスキャンダルとなり、再審請求がなされます。一八九九年、二度目の判決があり、ドレフュスは軽減情状を適用されながらも再度有罪となります。共和国大統領エミール・ルーベが恩赦を決めますが、ドレフュス派の人々は全面無罪を要求。それが認められるにはクレマンソー政府の時代、一九〇六年まで待たなくてはなりませんでした。

『失われた時を求めて』で描かれたドレフュス事件

確かに社会の万華鏡は回りつつあり、ドレフュス事件は今まさにユダヤ人を社会階層の最下位に落とし込もうとしていた。──「ゲルマントのほう」

ドレフュス派の人々──プルーストもそのひとりです──にとってドレフュスとは、迫害された無辜《むこ》の人間の象徴であり、反ユダヤ主義と国家主義のフランスのスケープゴートにされた人間でした。重大な事件であるにもかかわらず、当時、自分の小説に事件のことを書いたのはマルセル・プルーストとアナトール・フランスだけでした。プルーストは一八九〇年代から書いていた未完の小説『ジャン・サントゥイユ』でドレフュス事件について触れ、それを『失われた時を求めて』にも持ち込みました。政治とイデオロギー両面にわたるこの危機は、語り手の周囲の異なる階層の人々を隔てる境界線を強調することになりました。フォーブール・サン・ジェルマンの貴族たちは、根っからの民主主義者にして共和主義者たるロベール・ド・サン・ルーを除けば反ドレフュス派ですし、語り手やスワン、ヴェルデュランのサロンの常連たちはドレフュス派です。二つのイデオロギーの争いはとくに「ゲルマントのほう」で描かれますが、なかでも語り手が駐屯地のドンシエールにサン・ルーを訪ねていったときにはっきりと現れます。

軍に関する点になると、残念ながら、目下のところロベールの関心を占めているのはドレフュス事件であった。いつもの食卓では、彼だけがドレフュス派だったから、事件について彼は滅多に話さなかった。彼以外の者たちは再審を激しく批判していたが、私の隣に座っていて最近友達になった男だけは例外で、その意見はかなり流動的だった。傑出した将校という名声を得ているだけでなく、反軍部の煽動を日々のさまざまな訓令によって鎮静化したというので反ドレフュス派と目されている大佐に心酔しているその男は、大佐がドレフュスの有罪に疑いを持っていて、今なおピカールを評価していると信じても不思議ではないような意見を一度ならず漏らしていることを人づてに聞いていた。もっとも、この最後の点については、あらゆる大事件の際に沸き起こる出所不明の噂と同じで、大佐がどちらかと言えばドレフュス支持派に肩入れしているという噂は根拠に乏しかった。というのも、その直後に、情報局の元部長（ピカールのこと）を尋問することになった大佐は、今まで聞いたことのないほど乱暴かつ侮蔑的に元部長を扱ったからである。ともあれ、敢えて直接大佐に尋ねたわけではない私の隣の青年は、礼儀正しくサン・ルーに向かって――カトリックの婦人がユダヤの婦人に、自分の司祭はロシアにおけるユダヤ人の虐殺を非難しているし、ある種のユダヤ教徒の寛容さを賞讃していると告げるような口ぶりで――大佐はドレフュス派にとって――少なくともある種のドレフュス派にとって――人が想像するような、狂信的で偏狭な敵ではありません、と言った。「驚きませんね」とサン・ルーが言う、「頭のいい人ですから。でも、生来の偏見、そしてとくに教権主義のせいで適確な判断ができなくなっているんです」。―「ゲルマントのほう」

ドレフュス事件に関するシャルリュスの判断は反ユダヤ主義を露わにするものでした。

「あなたが何かを学びたいのなら」とシャルリュス氏はブロックについてあれこれ尋ねてきた

あとで私に言った、「複数の外国人を友人に持つというのは間違った考えではありません」。ブロックはフランス人です、と私は答えた。「ほう」とシャルリュスは言った、「てっきりユダヤ人だと思いました」。フランス人であり、かつユダヤ人だというのはあり得ないというこの発言を聞いて、私はシャルリュスが、私がいままで会ったことのある誰よりも反ドレフュス派に違いないと考えた。ところが、逆に彼は、ドレフュスに対してなされた反逆罪の告発に反対したのである。ただし、それはこんな言い方を通じてだった。「新聞は、ドレフュスが祖国に対する罪を犯したと書き立てているようです、ええ、そう書いているらしいのですが、新聞には注意していないものですからね。読んではいますが、手を洗うようなものでしてね。わざわざ関心を寄せる必要はないと思いますよ。いずれにしても、犯罪は存在していません。あなたのご友人と同国の人がもしユダヤ王国を裏切ったとしたら祖国への罪を犯したことになるのでしょうが、彼とフランスに一体どういう関係があるのですか」。——「ゲルマントのほう」

ドレフュス事件によってマスコミとメディアが生まれ、ジャーナリズムが発展しました。あらゆる階級の関心を惹く出来事を誰もが独り占めすることができるようになったのです。

私のほうは、家に帰るとすぐに、少しまえにブロックとノルポワ氏の間で交わされた会話と対になるものを、もっと短く、立場が逆になった残酷な形で見いだした。それは、ドレフュス派である私たちの給仕長と反ドレフュス派のゲルマント家の給仕長の間の言い争いだった。社会の上のほうでは『フランス祖国同盟』と『人権同盟』に属する知識人のなかで、真実派と反真実派が対立していたが、それが民衆のいる社会の深層部まで広がっていたのだ。（略）我が家の給仕長はドレフュスの有罪を、ゲルマント家の給仕長はドレフュスの無実をそれぞれ仄めかしていた。それは本心を隠すためではなくて、悪意と、口論に勝ちたいという貪欲さのなせる業だった。我が家の給仕長は、再審が開かれるか確信が持てなかったので、もしだめだったときに、ゲルマント家の給仕長が、正しい立場が破れたことで感じるであろう喜びを予め奪っておきたいと考えていたし、ゲルマント家の給仕長のほうは、再審が拒否された場合、我が家の給仕長は悪魔島に無辜の人間がなおも幽閉されるのを見てますますつらくなるだろうと思ったのである。――「ゲルマントのほう」

第一次世界大戦

『失われた時を求めて』は第一次世界大戦を描いた小説として知られているわけではありません。プルーストは元軍人ではなく、徴兵を免除された者だからです。最終篇「見いだされた時」で、語り手はサナトリウムに滞在したあと、一九一六年にパリに戻ってきます。

「見いだされた時」は銃後の日々を描いた小説です。それも透徹した眼差しで、知性に恵まれた人々が集うパリのような都市で起こった、社会とイデオロギーの大激変を解き明かしています。プルーストは質のよい愛国心と悪質な愛国心、極端な排独主義、戦争で蓄財する欺瞞を分けて考えます。それはサン・ルーのように愛国心から行動する人間と、ブロックやヴェルデュラン夫人のように自分を愛国者だと公言する者たちの差でもありました。

■新しいスノビズム、新しい社交界の暮らし

戦争で甘い汁を吸い、あげくはアルベルチーヌの叔母に当たるボンタン夫人とともに、パリ社交界の女王になったのがヴェルデュラン夫人です。人は彼女たちのことを当時流行していたファッションに合わせて「ターバン帽のご婦人たち」と呼んでいました。彼女たちは愛国的なファッションを標榜し、ローブ・トノー〔樽を想起させるシンプルな綿のドレス〕を着て、軍の払い下げ物資を再利用した宝飾類を身につけていました。貴族階級が力を失い、戦争という崇高な旗印のもとに結集した人々は階級の違いをいとも簡単に打ち破ります。貴族はヴェルデュラン夫人に頭を下げて来訪を懇請します。それほど彼らは退屈な人々になっていたのです。夫人は自分専用の電話で重要人物と連絡を取り合い、戦況を皆に広めるのでした。

ニュースを伝える会話のなかで、ヴェルデュラン夫人はフランスのことを話すときに「われわれは」と言っていた。「こういうことなんです。われわれはギリシア国王に、ペロポネソス半島からの撤退を要求いたします……、われわれが国王に派遣いたしますのは……」。そしてその話にはしょっちゅうG・Q・G〔総司令部の略語〕という言葉が使われた（G・Q・Gに電話をかけました」）が、その略語を発音するときの夫人は、かつて、アグリジャント大公のことが話題に上ったとき、大公と面識のない女性たちが、自分がいかにも事情通であることを示すために笑

みを浮かべながら「グリグリのことね」と尋ねたときに感じた喜びと同じだった。――「見いだされた時」

■みごとに揶揄として使われたクロワッサン

ヴェルデュラン夫人の偽善者ぶりとお人好しなところを示すなかなか美味しそうな以下の一節を読者にご紹介せずにはいられません。このような贅沢な暮らしぶりは顰蹙を買っても仕方ないのでしょう。

ヴェルデュラン夫人は、毎朝カフェオレに浸すクロワッサンが手に入らなくなったことが原因で偏頭痛に苦しんでいたが、ついにはコタールから処方箋をもらい、そのお蔭でまえにお話ししたことのあるレストランで特別にクロワッサンを作らせることが可能になった。当局からその処方箋を入手するのは、ほとんど将軍に任命されるのと同じくらい難しいことだった。最初にそのクロワッサンを食べた朝、夫人はルシタニア号の遭難を報じた新聞を読んでいた。クロワッサンをカフェオレにたっぷりと浸し、パン切れから手を離さなくてもいいようにしながら、もう片方の手で新聞を軽く弾いて大きく開いたままにして彼女は言った、「なんておそろしい。どんなに酷い悲劇でも、これほど恐ろしいことはないわ」。だが、すべての溺死者の死を合わせても、夫人には十億分の一に縮小されて感じられたに違いない。というのも、その間ずっと、口一杯に頬張りながらそのような悲しい考察をしても、顔に浮かんだのは、偏頭痛にまことに有効なクロワッサンの味が齎《もたら》したに違いない、どちらかといえば穏やかな満足の表情だったのだから。――「見いだされた時」

■藝術家の視点

戦争は通常ではあり得ない光景を生み出すことがあります。絶えず命を落とす危険にさらされているわけではない銃後で見られる光景です。

私はサン・ルーに、夜のなかを上昇してゆく飛行機の美しさについて話した。「でも、たぶん降下してゆくときのほうがもっときれいなんじゃないか」と彼は私に言った、「たしかに上昇してゆくときが美しいのは認めるよ。上昇して星座を作るときもね。そのとき彼らは、本物の星座を支配するのと同じくらい緻密な法則に従っているんだ。君の目に素晴らしい光景のように見えるのは、飛行小隊が集結しているときなんだよ。(略)でも、完全に星と一緒になった飛行機がそこから離れて追撃に向かうときのほうがきみは好きじゃないのかな(略)それは飛行機が秩序を失う黙示録の時代に突入することを意味している。そんなときは星だって自分の位置を保つことはできないからね」。――「見いだされた時」

■ヒューマニズムの視点

前線には行きませんでしたが、プルーストは戦争で犠牲になった人々に対する感動的な言葉を残しています。彼が執筆に励んでいる間、多くの親しい人たちが戦争に行きました。オディロン・アルバレ、弟のロベール、レーナルド・アーン……。彼は一般の兵士が示した英雄的精神を讃えています。

夕食の時間になるとどこのレストランも満席だった。通りがかりに見かけた哀れな休暇中の一人の兵士は、六日間は死の危険を逃れたものの再び塹壕へ戻って行かなくてはならないなかで、一瞬、煌々と照らされたガラス窓に目をやるのが見え、私は昔バルベックで漁師たちが夕食を取る私たちを眺めていたときに感じたときのように苦しい思いをしたのだが、兵士の悲惨さは貧しい者以上、ないし両方合わせたようなものだったから、私としてはあのとき以上に辛い思いを味わい、今回のほうがいっそう心を打たれたのである――なぜなら、兵士の悲惨さはより諦めを含んだ高貴さを感じさせ、また戦争に行く直前の兵士が、後方勤務の兵士たちが争ってテーブルを確保しようとしているさまを見ながら、憎しみ一つ表に出さず、哲学者のように頭を振って「まるでここは戦時中とは思えないな」と言ったからだった。――「見いだされた時」

語り手は前線でサン・ルーが書いた手紙を受け取ります。

「だけれどきみがこうした人たち、平時であれば自らのうちに隠された英雄精神に気がつきもせず、何も疑うことなくベッドで死を迎えていたはずの庶民や労働者や小商人《こあきんど》が、降りそそぐ砲弾の下を駆け回って戦友を助け、傷ついた上官を運び、ついには自分が撃たれても、塹壕がドイツ軍の手から奪い返されたと軍医長から聞かされればにっこりして死を迎えるのを目にすれば、親しい友よ、きみはきっと、フランス人についていい印象を持つだろうし、学校で習ったいささか突飛と思われたさまざまな歴史的な時代のことも理解できるようになるに違いないとぼくは思っている」。――「見いだされた時」

現代生活

一八七〇年代から一九二〇年代まで描かれる『失われた時を求めて』の背景には、近代化の波を正面から被らざるを得なかった社会がありました。

■技術革新

プルーストは技術の進歩を目の当たりにし、それを小説に描き込んでいます。電話、自動車、航空機、さらにはエレベーターさえも語り手は私たちに教えてくれます。それはパリから故郷に手紙を書いたという設定のモンテスキューの『ペルシア人の手紙』〔一七二一年〕を思わせます。

私はホテルに戻って祖母を待とうと決めた。支配人自らやってきてボタンを押してくれた。すると、「リフト」と呼ばれている（ガラスの後ろにいる写真家か演奏室のオルガニストさながら、ノルマンディの教会なら採光窓がついていそうなホテルの最上階部分に控えていた）私の知らない人間がすぐに私のほうに、籠のなかで飼い慣らされて器用に動き回る栗鼠《りす》を思わせる敏捷さで降りてきた。それから再び、一本の柱に沿ってすべるように、教会ならざる商業施設の外陣のドームに向かって私を従えて連れて行った。――「花咲く乙女たちのかげに」

スワンとオデットは依然として馬車のなかで「カトレア」（親密な二人の間では性愛に耽るという意味でした）をしていましたが、あとの世代の語り手とアルベルチーヌは自動車でノルマンディーのそこかしこに足を伸ばします。語り手は距離が縮まったことに驚嘆し、作者自身、同時代の多くの藝術家と同じように、事物の見方を変えるスピードに期待をかけるようになりました。

距離とは時間に対する空間の関係にほかならず、その関係が変わればともに変化するものである。ある場所に行くのが大変なとき、私たちは何里あるとか何キロもあるといった言い方で表現するが、その大変さが軽減されればそうした言い方は通用しなくなる。藝術も同じように変化する。どこかの村とは別の世界にあるように思われた村も、次元が変化した風景のなかでは隣の村になることでもそれは明らかだろう。――「ソドムとゴモラ」

自動車は世界のあちらこちらをめぐり、世界を自分の手にする手段です。ある町の周囲をまわったり、そこで迷子になったり、さまざまな道を通ってそこにたどり着いたり、多くの視点を手に入れたりすることができます。それは鉄道では得られないものです。

かつての鉄道はそんなふうにしてまるで魔法のごとく、最初私たちが、劇場の観客があれこれ幻想に浸るように、地名の要約する全体を通して想像していた町へ連れて行ってくれたものだが、自動車はそういうことはしない代わりに、私たちをいろいろな道の舞台裏へ案内したり、住民に道を聞くときは停まったりする。（略）したがって、唯一の目的地も、急行列車であればまとっていた神秘な部分を自動車に剝ぎ取られるかに見えるのだが、その代わり自動車は私たちが自分で目的地を発見し、コンパスを使ったかのようにその場所を確定し、いっそう抜かりのない探検家の手つきで、これ以上ないほど精緻に、ほんとうの幾何学や美しい「土地測量」を実感させてくれるように見える。――「ソドムとゴモラ」

■レジャーの社会

海水浴、ゴルフ、自転車、テニス……。スポーツよりも知的快楽を好む語り手はせいぜい水浴をする程度ですが、アルベルチーヌの友人たちは読書よりスポーツが大好きなブルジョワで、新しい活動が流行すると率先して始めます。「花咲く乙女たちのかげに」と「ソドムとゴモラ」のいくつかの物語はバルベック（架空の町ですが、ノルマンディのカブールとブルターニュの町の思い出が混ざり合っています）の海水浴場が舞台となります。ベル・エポックに爆発的に流行した海水浴がみごとに採り上げられているのです。そうして出現したレジャーを楽しむ社会はまだ民衆のものではなくて、依然として貴族や富裕なブルジョワの特権でしかありません。以下は、大金持ちの実業家の息子で、ジゴロのオクターヴの描写です。

私は愕然としたのだが、この青年や、ああした娘たちのつきあう数少ない男友達の場合、着るものやその着こなし方や葉巻や英国の飲み物や馬について持っているあらゆる知識は――どんな些細なことまで網羅しているばかりか、如何なる間違いもないという矜持《きょうじ》は碩学の物静かな謙虚さに匹敵するのかもしれないが――知的な教養と如何なる点でも繋がらないまま孤立して発展してゆくのだ。彼はタキシードやパジャマをいつ着るかということについてまったく迷うことはなかったが、この言葉をここで使っていいのか悪いのかもわからなかったし、フランス語のもっとも簡単な規則にも通じていなかった。（略）オクターヴはカジノで行われたボストンダンスやタンゴなどのありとあらゆるコンクールで入賞していたから、もし望むなら、こうした「海水浴場」という環境ですてきな結婚ができたかもしれない。ここでは比喩的な意味ではなく本来の意味で「踊り手」、つまりダンスのパートナーと結婚するからだ。――「花咲く乙女たちのかげに」

どんな大人のなかにも子どもは存在し続けるものだから

『失われた時を求めて』における少年時代について語ろうとすれば誰しも、語り手が祖父母の家でヴァカンスを過ごした村の名前と同時に、第一篇第一部のタイトルでもあるコンブレーを想起するでしょう。コンブレーでの少年時代はいくつかの場面で特徴づけられ、物語を始める仕組みを形作っています。就寝劇、二つの「方角」、最初の欲望……。

寝室と就寝劇

誰もが知っている「長い間、私はまだ早い時間から床に就いた」というのは、『失われた時を求めて』の冒頭の一句です。それに導かれるようにして、見知らぬ部屋、馴染めない部屋、目印を失った部屋での眠りと目覚めに関する考察がなされます。

眠っている人間は身のまわりに糸にも似た時の流れを、そして、長い歳月やさまざまな世界が持つ一定の秩序を輪のように巻きつけている。目覚めたとき、ひとは本能的にそれらを探って、自分が現在いる地点や目覚めまでに流れた時間を即座に読みとろうとする。だが、時の流れやそうした秩序はもつれて渾沌《こんとん》としているかもしれないし、切れたり壊れたりしている可能性もある。――「スワン家のほうへ」

語り手は自分が寝たことのある部屋を一つひとつ確認しながら、コンブレーと自分が味わっていた夜の苦しみのほうへゆっくりと私たちを導いていきます。

コンブレーでは、毎日、午後の終わり近くになると――それは実際にベッドに横になり、眠れぬままに母親と祖母から遠く離れて過ごさなくてはならない時間よりずっと前だったのだが――寝室は心につきまとって離れない、つねに苦しみに満ちた場所となった。――「スワン家のほうへ」

母と祖母から離れて過ごす苦悩、就寝前の夜のキスをしてもらえないのではないかという不安のことは、母親と祖母が果たす役割について紹介したときにすでに触れました。母親と祖母が重ねられたこの存在への愛と賞讃は、見捨てられることへの不安とともに『失われた時を求めて』全篇を通じて描かれることになります。そしてその不安はことに恋愛関係において形を変えて現れるのです。

このような夜は二度とないことは私にもわかっていた。のみならず、夜の悲しい時間に母に寝室にいてもらうというのが私のこの世の最大の望みだったにせよ、それは生活上必要な事柄やみんなの願いとはあまりにかけ離れていたから、この夜、その望みが成就されたといっても、あくまで不自然で例外的というほかないということもである。――「スワン家のほうへ」

二つの方角は互いに相容れないのでしょうか

「スワン家のほうへ」と「ゲルマントのほう」というタイトルはどうしてつけられたのでしょうか。すぐに想起されるのは、コンブレーの家から出発して父親が連れて行ってくれた二つの散歩道です。表の門から出るとひとつの「ほう」へ行きますし、菜園を抜けて出ていくともうひとつの「ほう」へ行くことになります。メゼグリーズのほうへ行くとスワンの家の前を通りますが、逆に、ゲルマントのほうを選んでも、城館にもヴィヴォンヌ川の水源にも行くことはできません。それらは近づくことのできない領域として立ちはだかります。二つの方角の風景はまったく違います。リラと山査子《さんざし》の咲く平原の眺めと睡蓮の漂う川の眺め。二つの道は語り手の頭のなかでは妖精が魔法で閉ざしてしまった二つの世界のように相容れないものと化しています。

ことに私は、二つの「ほう」の間に、実際の地理的な距離以上に、それらに思いを馳せるときの脳内の二つの部分を隔てる距離、精神のなかで、ひたすら二つを遠ざけ、分離し、別の次元におくようなたぐいの懸隔を設けてしまった。二つの「ほう」を隔てる境界線はいっそう揺るぎないものとなったが、それは一日のうちに、一回の散歩で二つの「ほう」へゆくことは私たちの習慣上絶えてなかったからで、今日はメゼグリーズ、明日はゲルマントという散歩では、両者は遠く離れて、互いに相手の姿を認めることができず、相互の連絡も途絶え、別の日の午後という壺にそれぞれ閉じこめられたままだったのだ。——「スワン家のほうへ」

二つの方角は、コンブレーにおける家族の生活を決定づけています。と同時に、それらは語り手が生涯追い求める二つの道を暗示してもいるでしょう。それは二つのあり得る社会であり、「語り手の成長を促す二つの方角」(哲学者ジル・ドゥルーズの言葉です)でもあります。二つの道が交わることはないのでしょうか。年を重ねた語り手がジルベルトから二つの散歩道をつなぐ近道の存在を教えられるのは「消え去ったアルベルチーヌ」まで待たなくてはなりません。

「もしそれほどお腹が空いているのでなければ、そしてこんなに遅い時間でなければ、この道を左に行って、それから右に曲がると、十五分もかからないでゲルマントへ着いていたでしょうね」とジルベルトは言ったのだが、それはまるでこう言われているかのようだった。「左に曲がって、それから右手に進むと、触れてはいけないものに触れられるし、入ることのできない遠くのものに達することができますよ。それは地上では『方角』しか、ええ、どの『ほう』──それこそ昔、ゲルマントでただ知ることができるものと考えたものであり、ある意味、私は間違っていなかったのだが──にあるかしか知られていないんです」と。もう一つ私が驚いたのは、それまで地上以外の場所にある《地獄の入り口》のようなものと想像していたのに実際はあぶくがしきりに浮かんで来る一種の洗濯場にすぎない《ヴィヴォンヌ川の水源》を見たことだった。三番目の驚きは、ジルベルトの次のような言葉を耳にしたときに訪れた。「もしよければ、まあいずれにしても午後になるとは思うけれど、でかけてみましょうか。そうすればメゼグリーズからゲルマントまで行けますし。それが一番いい行き方なんですよ」。この言葉を聞いたとき子供の頃のあらゆる思い込みがひっくり返り、私は二つの「ほう」がそれまで考えていたほど相容れない存在ではないことを知ったのである。──「消え去ったアルベルチーヌ」

子どもっぽい二つの「ほう」の幻想は破れました。ジルベルト・スワンはロベール・ド・サン・ルーと、ヴェルデュラン夫人はゲルマント大公と結婚するのですから……。二つの王国は結びつき、貴族階級が属すのはもはや滅びゆく古き世界にすぎなくなるのです。

夢想

願望はほとんどの場合、さまざまな夢を生み出す創造主である。

——ジグムント・フロイト『精神分析入門』

幼年時代は夢の時間であり、欲望が生まれつつある時期であり、豊かな想像力を駆使して名前のうえにあらゆる想像の世界を投影するときでもあります。子どもの頃の語り手の夢想の対象は言うまでもなく、ゲルマント、バルベック、パルマ、フィレンツェ、ヴェネツィアといった名前でした。少年の語り手がバルベックの海岸や嵐に襲われるペルシア様式の教会に夢中になってぜひ見てみたいと思うようになるのは、ルグランダンやスワンから話を聞いたからです。

嵐になりそうな、されど温かい二月の夜、風は私の部屋の煖爐の炎を小刻みに揺らめかせるくらい強く吹いて私の心までも同じように震わせ、バルベックへの旅の計画を吹き込み、私のうちで、ゴシック建築への欲望と海上の嵐に対する欲望を混ぜ合わせるのだった。——「スワン家のほうへ」

この頃、語り手は鉄道時刻表と「贅を凝らした素晴らしい一時二十二分発の列車（右の引用直後に置かれた言葉〕」で夢想を膨らませます。その列車が停まる町の名前（バイユー、クータンス、ヴィトレ、ケスタンベール、ポントルソン、バルベック、ラニヨン、ランバル、ブノデ、ポン・タヴェン、カンペルレ〔バルベック以外はすべて実在する町。ただし、本来はベノデと発音する町をプルーストはブノデと綴っている〕）はすでにして幸福の約束にほかなりません。それら実在する町の間にひとつだけ架空の町の名前が入っています。バルベックですが、それはかなり時間が経って青年になってから叶えるヴェネツィアへの夢よりまえに語り手が行くことになる町でした。

藝術の真の価値を思い出すために

マルセル・プルーストは音楽や絵画、建築や文学をこよなく愛していました。藝術への愛情とその素養は作品中にあふれんばかりです。登場人物にも作者の好みが反映され、スワンとベルゴットはフェルメールを熱愛し、サン・ルーはワグナーを賞讃します。サン・サーンスにヒントを得たヴァントゥイユの音楽は、スワンや語り手、ヴェルデュラン夫人の心を捉えます。登場人物からしてイタリアの画家の肖像画を思わせることもありますし、風景は印象派の絵に出てくるかのようです。

オデットはスワンのすぐそばに立って、ほどいた髪を頬に沿って垂らし、軽く踊っているかのごとき姿勢で片脚を曲げていたが、それは身をかがめて版画をのぞき込んでも体に無理がかからないようにするためだった。首をかしげて版画を見つめる大きな目には、気分が乗らないときのつねで、いかにも疲れた感じと不機嫌な様子が浮かんでいた。スワンはそんなオデットの姿が、システィナ礼拝堂の壁画に描かれた、祭司エテロの娘チッポラとそっくりなので、思わず息を呑んだ。──「スワン家のほうへ」

ボッティチェリのこの肖像画は、スワンと現実のオデットの間に入り込み、そのためにスワンは、もともと好きなタイプではなかったオデットに、誤って恋することになるのです。

藝術の真の価値と偽りの価値

プルーストは藝術に関して登場人物を二つに分けます。一方の人たちが藝術に関心をいだくのは、社会的価値（スノッブからすると上流のしるしです）と思想的価値（「愛国者たち」は戦争中、ワグナーを拒絶しました）のためです。もう一方の人たちは真の藝術愛好家（スワンと語り手）と本物の藝術家たち（ベルゴット、ヴァントゥイユ、エルスチール、そしてついには語り手もここに入ります）です。

ヴェルデュラン家の「小さな核《プチ・ノワイヨー》」、「小グループ」、「小さな一党《プチ・クラン》」の一員になるためには、ただひとつの条件を満たすだけでよかったが、それは必須条件でもあった。すなわち、暗黙のうちに、「使徒信条《クレド》」と言ってもよいある信念に同意を示さなくてはならなくて、そのひとつが、その年、ヴェルデュラン夫人が庇護していたピアニスト、「こんなふうにワグナーを弾くことができるなんて、ふつうならありえないことですよ」とまで夫人の言う若いピアニストに比べれば、プランテやルービンシュタインのいずれも「形なし」だとか、コタール医師《ドクトゥール》は、ポタン以上に診断が正確だといったことだった。──「スワン家のほうへ」

ヴェルデュラン夫人にとって趣味とは流行の問題にすぎませんでした。

「人生の至高の価値は藝術のうちにある*」

プルーストは自らの作品のなかでざっとではありますが、藝術哲学について書いています。藝術こそ、事物や人間の真実について語ることのできる唯一のものだとプルーストは明言します。音楽は絵画同様に、藝術家の深い内面を表現するだけでなく、事物に対する新たな視線を提供するとともに、日常的なコミュニケーションでは伝えることのできない難しい問題を示してくれるのです。

＊「見いだされた時」より

それならば、私たちが自らのためにとっておかなくてはならないそのような要素の一切の残留物、会話の形では友達から友達、師から弟子、恋人から恋人へと伝えることのできないもの、それぞれが感じたことを質的に区別し、しかも言葉を発する入り口で置き去りにするしかない──他人とコミュニケーションを取るとしても、万人に共通の、おもしろくも何ともない外面的なことに限定せざるを得ないからだが──このえも言われぬものを、藝術は、そう、ヴァントゥイユやエルスチールの藝術は、私たちが個々人と呼ぶこの世界、藝術がなければ絶対に知り得ないこの世界の内的構造をスペクトルの色を通じて外部に示すことによって出現させるのだろうか。――「囚われの女」

もし言語が発明されず、単語も作られず、さまざまな想念が検討されることがなかったとしたら、魂の交流になり得た唯一の例は音楽ではなかったかと私は考えてみた。――「囚われの女」

たったひとつのほんとうの旅、若返りの泉に浸る唯一の方法は、新しい風景を見に行くことではなく、自分とは異なる眼を持つことである。（略）それを私たちに可能にするのはエルスチールやヴァントゥイユをはじめとする藝術家であり、彼らの力で私たちはほんとうに星から星へと飛んでゆくことができるのだ。――「囚われの女」

書くこと

語り手が小説の最後になって、自ら前人未踏の星々への渡し守、つまり藝術家としての作家になる決心を固めるのは、自分以外の藝術家をそれだけ愛したことによって、そうした確信にとらわれたからにほかなりません。

『失われた時を求めて』の最初のほう、「スワン家のほうへ」のなかに、驟雨が去って、太陽の光が沼に映り込むのを見て、語り手が歓喜して叫んだあと自省する場面があります。

水面と壁の表面に、空の微笑に応えるかのごとく青白い微笑みが浮かぶのを見て、私は熱に浮かされたように、閉じた傘を振りまわしながら叫んでいた。「なんだ、なんだってんだ、なんなんだ、これは」。だが、同時に私は感じた、私のすべきことはこんなわけのわからない言葉で満足するのではなくて、自分の喜悦の内側をもっとじっくりと見つめるよう努めることだと。

――「スワン家のほうへ」

語り手がついに成し遂げるのはまさにそういうことだったのです。

第三部

TROISIÈME PARTIE

そう、プルーストは読めない作家ではありません

プルーストの書き方を理解する

いまや読者の皆さんは、簡単ながら作者がどういう人間で、他とは違うどのような変わった特徴をもっていたかおわかりになったと思います。今度は、難解だと言われるプルーストの文体に正面から向かってみましょう。ここでの目的は皆さんに、どうしてプルーストの文があれほど長いのかわかっていただくことなので、少し技術的なお話が多くなります。

しばしば迷路のような文章のなかで迷子になるとしたら、それは語り手が最初の主題や語られた単純な事実、エピソードの平板な現実や出来事の時系列にたいして重きを置いていないからです。彼はつねに新しい抽斗《ひきだし》を開けていきます。それぞれの状況も対象となる物や人、風景や固有名詞も、語り手のうちでは他のもの、すなわち、ある思い出や幻想や一枚の絵画や歴史的事件などと共鳴し合っているのです。そうした結びつきは、最初語り手が述べた事柄をよりよく理解する手立てになりますし、それらの事柄を明確に指し示すことにもなりますが、それらの結びつきは自ら翼を羽ばたかせ、自立し、それだけで価値を持つことになります。読者が迷子になったと感じるのはそういうときです。最初に語り手が話していたことが何だったかわからなくなるからです。でもそれは思い違いです。引かれた糸は最初のエピソードと同じくらい――それ以上ではないかもしれませんが――重要なのです。

プルーストの想像力は現実と地続きにあり、現実と変わらない真実性を備えています。「花咲く乙女たちのかげに」にある、失敗した出会いの味わい深いエピソードはこの現象の顕著な例です。

(1)

夜になりかけていた。帰らなくてはならない。私はエルスチールを彼の別荘のほうへ送って行こうとした。そのとき不意に、如何なるメフィストヘレスがファウストの前に現れたものか、**並木道の先に**――虚弱で過剰なまでの感受性に苦しみ、知性ばかり当てにする私には欠けているほとんど野蛮と言っていい残酷な生命力や、私とは正反対の気質が、現実にはあり得ない悪魔的な形で客体化したかのように――ほかのものと混同することなどあり得ない本質を備えた斑点を思わせる存在、植虫類のような**少女たち**の小グループに属するいくつかの単独星《スポラード》が**現れた。彼女たちは私を見ない**ふりをしていたけれど、疑いもなく、私について冷やかし半分の判断をしているところだった。彼女たちと私たちが鉢合わせするのは避けられないだけでなく、エルスチールが私の名前を呼ぶだろうと感じた**私は、**押し寄せる波を背で受ける泳ぎ手のように**くるりと背を向け、いきなり立ち止まって、かの有名なる同伴者をそのまま先に行かせ、後に残ったまま、ちょうど前を通りかかった骨董屋のショーウィンドーのなかを、**あたかも不意にそこに気を取られたように**身をかがめて覗き込んだ。**少女たち以外のことを考えることができるふりをするのが内心嬉しいくらいだった。もう私にはぼんやりとではあるがわかっていた、エルスチールが私を紹介するために名前を呼んだときに、私はある種怪訝《けげん》そうな目をするだろうが、それは驚きではなく、驚いたというふりをしたいという欲求を示してしまうということ――それほど人は下手な役者であり、近くにいるものは優秀な人相学者なのである――、自分がわざわざ胸を指さして「ぼくを呼んだんですか、ほんとうに？」と尋ねつつも、エルスチールの言葉に素直に従いおとなしく頭を下げて、知り合いになりたくもない人たちに紹介されるために、せっかく見ていた古い陶磁器から離れる不満を冷たく隠しながら早足で駆けつけるということが。**そう考えながらもなお私が店先を見ていた**のは、エルスチールが大声で呼んだ私の名前が、予期していた無害な弾丸のように私を撃つ瞬間を待っていたからである。／／

（2）

あの少女たちに紹介されるはずだという確信が生まれた結果、私は無関心を装うだけでなくて、ほんとうに無関心になってしまった。今や避けられないものになると、彼女たちと知り合いになるという喜びは圧縮され、縮小されて、サン・ルーとおしゃべりをしたり、祖母と夕食を食べたり、近辺に遠足に出かけたりする楽しみ――歴史的な建造物にほとんど関心のなさそうな人たちとつきあうことで、おそらくこの楽しみを犠牲にしなくてはならないことを私は悔やむだろう――よりずっと小さなものに思われた。第一、私が味わうであろう喜びに水を差しているのは、単にその実現がすぐそこまで迫っているということだけではなくて、順序がでたらめだということだった。流体静力学の法則と同じくらい厳密な法則に支えられて、私たちはさまざまなイメージを一定の順序のもとに重ね合わせてゆくのだが、事件が接近してくると、その順番がばらばらになってしまう。エルスチールはもうすぐ私を呼ぶだろう。私が海岸や部屋でしばしば思い描いていた少女たちとの出会い方は決してこんなふうではなかった。これから起ころうとしていることはまったく別の出来事であり、私は何の心づもりもしていなかった。

そこには私の欲望も、欲望の対象も見つけることができない。私はエルスチールと一緒に外出したことを後悔していた。だが、とりわけ、以前には必ず味わえると信じ込んでいた喜びが衰えたのは、何ものもその喜びを私から奪うことはできないという確信のせいだった。／／

（3）

そんな確信の束縛を逃れたとき、その喜びはもともと備わった弾力を生かして、本来の力を取り戻した。**それはちょうど私が決心して振り返り、エルスチールが少し先の、少女たちのいるところで足をとどめて、別れの挨拶をしているのを目にしたときだった。エルスチールに一番近いところにいた少女の顔はふっくらしていて、きらきらした眼差しで輝き、**少しだけ青い空を入れるためにわざわざ場所をとっておいたお菓子のようだった。その目は一点に注がれながらも絶えず動いている印象を与えたが、それは風の強い日によくあるように、青空の奥を吹きすぎる空気が目には見えなくてもその早さを感じさせるのと似ていた。**一瞬、彼女の視線が私の視線と交差した――**嵐の日の旅行者を思わせる空の雲が、もっと遅い雲に近づき、隣り合ったかと思うと、触れあってから追い越してゆくように。だが、そうした雲はお互いを知らないので、また離ればなれになって遠のいてゆく。**私たちの視線もそのように一瞬正面から向き合ったが、**それぞれ自分の前に広がる天空の大陸が未来へ向かってどんな約束や脅威を秘めているか知らなかった。ただ、**速度を落とさずに私の視線のすぐ前を横切った瞬間、その眼差しはかすかに曇った。**明るい夜、風に運ばれた月が雲の向こうを通るときに一瞬輝きを失い、またすぐに姿を現すのと似ていた。**だがそのときにはもう、エルスチールは私に声をかけることもな**

しに、少女たちと別れていた。彼女たちは近道をゆき、エルスチールは私のほうに向かってきた。すべては無駄だった。――「花咲く乙女たちのかげに」

太字の箇所はフィクションのなかの「現実の」出来事、すなわち、物語を進めてゆく行為を表しています。それ以外はすべて、語り手の想像の産物「でしか」ありません。つまりは譬喩と隠喩、会えるかもしれないという気持ちから来る予想と予測です。ある願望が想像上で実現するという過程を経て、期待から失望に至るまでが描かれます。この一節で起こるのは心理的事件にほかなりません。

それではここで見られる現象を文に焦点を合わせて説明していきましょう（文はたくさんの語とイメージを詰め込まれて内部から膨張しています）。場面として何があったかについては、それぞれの段階を経て失敗に終わる場面を、たやすく変化する流動性とともに後ほど検討することにします。それぞれの段階とは、願望―実現への期待―実現への確信、願望の実現不可能性―失望―延期された願望の再燃、です。

1 遅延の効果。語られた出来事の間に何が挟まり、情報を遅らせるのでしょうか。

引用（1）の文章は、遅延の効果を考えるうえで示唆に富んでいます。情報（不意に、何が現れるのか）は二通りの方法で先送りされます。

譬喩

ここでは、譬えるもの（イメージ）が譬えられるもの（事物）の先に来ます（例えば「メフィストテレス」「客体化したかのように」）。文章は中断されたまま、イメージも何を指示対象（イメージが指し示すもの）としているのかわかりません。

概念に先行する印象

語り手は知性が「少女たち」と認識するまえに「いくつかの斑点」を見ます。これはまさに、語り手がエルスチールの印象派的海景画を鑑賞したときに述べている現象です。この視覚的印象（「いくらかの斑点」）と実際の認識（「少女たち」）の間に入るのがひとつの譬喩でありイメージ（いかなる星座にも属さない「植虫類のような」「いくつかの単独星《スポラード》」）です。要するに、語り手はまず感覚で受け止め、そこからまだこれと定まっていない知覚からひとつの譬喩、ひとつの幻想が紡ぎ出され、最後に対象が何か確定されるのです。

しかし、対象が同定され明らかになり、結論に達した情報が、情報によって促され、先行した譬喩より重要だと言っているわけではありません。語り手の頭のなかで出来事（少女たちとの出会い）の意味を伝えるのはそうした譬喩なのです。それらの少女たちは悪魔的な不測の出会いと、語り手の穏やかで脆弱な知的性質を混乱させる生命力を象徴しています。

語り手は言わば、苦しみのもととなり、しばしば幻滅をもたらす現実との直接的出会いによるショックを和らげてくれる譬喩に守られていると言っていいでしょう。

そのように、文章はそこに埋め込まれた多彩な表現と遅延効果によって、出来事とその象徴体系、出来事とその心理的反響を一度に差し出してくれるのです。

2　想像の場面が挟みこまれると、実際に体験した場面と重なるまでに至ります。映画などでいう二重写しの現象です。

想像上の一般化を促すために、言葉のレベルで実際の情報の遅延化がどのように生ずるかはいま述べてきた通りです。今度は、場面のレベルから見た同じ現象について検討してみましょう。相当滑稽なこの一節が余すところなく明らかにしているのは、語り手の過剰なまでに空想的な性質とプルーストにおいて願望がどのように機能するかということです。少女たちを見かけてから彼女たちが立ち去って行くまで、太字を施した出来事のさなかに、実現する必要のない、しかし語り手はその実現を信じて疑わない空想上の場面の否定的な物語が挿入されます。

文章の構成。「流動的に変わる効果」

／／の印をつけたところが引用部分を構成する三つの流れの境となっています。

・(1)「出会いの願望」　出会いの予測――来たるべき出会いの方法――語り手の心の準備／／
・(2)「出会いの確信」　願望と、待ち望んだ喜びが打ち砕かれる／／

・（3）「無理かもしれない出会い」　外部の出来事が語り手の想像していた予想の邪魔をする――現実が幻想をぶち壊す

これら三つの段階は、語り手の願望の流動性を表しています。

練り上げられた幻想

引用（1）（2）のなかで、傍線をつけたところは、言語学で言う様態要素〔語り手が自分で言ったことについて、疑念か確信のような何らかの判断を抱いた場合、それを表す動詞か副詞を指します〕だと考えられます。引用（1）で用いられる、「ふりをしていた」「と感じた私は」「あたかも……のよう」「もう私にはぼんやりとではあるがわかっていた」などは、語り手が印象や予測やさまざまなしるしの解釈からなんとかひとつの場面を描き出していることの証左と言っていいと思います。そこで使われた時制は条件法で、もちろん「〔過去における未来〕」を表している可能性はありますが、そうだとしても、非現実のニュアンスは残されたままです。「もう私にはぼんやりとではあるがわかっていた〔直説法半過去〕、エルスチールが私を紹介するために名前を呼んだ〔条件法現在〕ときに、私はある種怪訝《けげん》そうな目をするだろう〔条件法現在〕が、それは驚きではなく、驚いたというふりをしたいという欲求を示してしまうということと……」。このとき、語り手はこれから起こる場面を思い描き、自分が演じる役を先回りして予想しているのです。もう一度書きましょう。

少女たち以外のことを考えることができるふりをするのが内心嬉しいくらいだった。もう私にはぼんやりとではあるがわかっていた、エルスチールが私を紹介するために名前を呼んだときに、私はある種怪訝《けげん》そうな目をするだろうが、それは驚きではなく、驚いたというふりをしたいという欲求を示してしまうということと――それほど人は下手な役者であり、近くにいるものは優秀な人相学者なのである――、自分がわざわざ胸を指さして「ぼくを呼んだんですか、ほんとうに？」と尋ねつつも、エルスチールの言葉に素直に従いおとなしく頭を下げて、知り合いになりたくもない人たちに紹介されるために、せっかく見ていた古い陶磁器から離れる不満を冷たく隠しながら早足で駆けつけるということが。

プルーストが空想を描く文章で見せる天才ぶりは、想像でしかない場面にまさに生き生きとした血を通わせるところにありますが、それを支えているのが語り手の行動や態度を細部まできちんと描き（例えば「怪訝そうな目」「わざわざ胸を指さして」「頭を下げて」「「冷たく隠しながら」」、その行動を心理的に正しいものとして示す（「驚いたというふりをしたい」「素直に従いおとなしく」「不満」「知り合いになりたくもない人たち」）やり方です。

想像上の小さな喜劇

（1）の一節は二重に重ねられた非現実の域に達しています。なにしろ、単に空想の場面や予想が描かれるだけでなく、それに加えて、想像された場面のなかで、語り手は驚きと不満を装うという役を演じているのですから。別の言い方をすれば、語り手は自らが喜劇を演じている姿を思い描いているということです。そこに生じる喜劇性（さらに、登場人物の滑稽な振る舞い）はそうした「小さな演技」が少女たちの関心を惹くはずだという暗黙の前提から来ています。語り手は合図を送りますが、少女たちはそれらを解読しようとするに違いないと想像します（「少女たち以外のことを考えることができるふりをするのが内心嬉しいくらいだった」「それは驚きではなく、驚いたというふりをしたいという欲求」）。

このような小さな喜劇はそれを見る人がいるからこそ考えられるもので、もし語り手が見られているという前提がなければ意味を持ちません。それに、そうでなければ私たちには何もわからないのです。ショーウインドーの前に立つ若い男に少女たちが興味を持つかは、つい見落としがちなある種の盲点と言えるでしょう。

想像する力

しかし、場面は逆転し、（2）の部分ではさらに先までの展開が示されます。想像する力が働いて、語り手の感情に現実の反応を引き起こすのです。この逆転を表す表現が先の引用で傍点をつけた「あの少女たちに紹介されるはずだという確信が生まれた結果、私は無関心を装うだけでなくて、ほんとうに無関心になってしまった」のところです。そして、疑念や仮定や直観を示す様態表現が消え、確信を表す言葉に代わります。過去の時間のなかでこれから起こるべき行為を示す時制は、もはや条件法ではなく、出来事がすぐにでも実現される確信を感じさせる動詞表現の「近接未来」〔英語のbe going toに相当〕に代わるのです（「エルスチールはもうすぐ私を呼ぶだろう」「これから起ころうとしていること」）。

こうした定型表現は、ただ単に事実を口にするだけで出来事を招来する遂行発話〔言語学で、発話されるだけで遂行されることを指す〕的祈り、つまり呪文にも似ています。一種の自己暗示現象と言ってもいいかもしれません。願望が空想のなかで実現されるだけで、満足を感じている語り手には十分です。ちょうど、フロイトの場合、抑圧された欲求を満足させるのが夢であったようなものでしょうか。

現実への回帰

とはいえ、プルースト持ち前のユーモアと心理的鋭敏さがそれで満足するわけではありません。（3）の引用部分で、そうした空想は空しく破れ、あまりに空想の力を信じすぎた結果、少女たちと出会うチャンスを失ってしまう、空想好きな夢想ばかりしている語り手の性格が白日の下にさらされることになります。それぞれの文が短くなるにつれて、加速するリズムがまるで語り手がみごとに失敗するさまをパントマイムのように表現しているように思われます。短くなった言葉は最後に皮肉な一句となって話を締めくくるのです。「すべては無駄だった」。

訳者あとがき

本書は、Fanny Pichon, *Proust en un clin d'œil*, Éditions First, 2018 の全訳です。直訳すると『プルースト瞥見《べっけん》』『プルースト早わかり』とでもなるでしょうか。First 社からは、同じシリーズで、『ランボー瞥見』『ヴィクトル・ユーゴー瞥見』『ヴォルテール瞥見』『ボードレール瞥見』が刊行されています。そのうち『ランボー瞥見』は同じ著者ファニー・ピションの著作です。

ファニー・ピションはパリ高等師範学校《エコール・ノルマル・シュペリウール》を卒業。文学のアグレジェ〔リセ以上の高等教育機関教授資格取得者〕で、現在は、パリ近郊のリセ・ルイーズ・ミシェル・ド・ボビニーで教鞭を執っています。

この「瞥見」シリーズはどれも短いものですが、よくまとまっていて、その作家と作品の概略を知り、具体的にそれらの著作に触れるにはすこぶる有益な書物だと言えましょう。

修士論文でプルーストを扱って以来、いいえ、じつは学部時代からプルーストに関する文献は集めていたのですが、最近になっても年間数多く出版されるプルースト関係の書物はとても書棚一つや二つでは足りません。とは言え、座右に置いて折に触れ繙読したいと思うプルースト論は、私の場合、今ではそれほど多くないというのが正直なところです。

私にしても、拙い研究論文を書いているころは、ジェラール・ジュネット、ジャン・ルーセ、ミシェル・レーモン、ロラン・バルト、ジャン・ピエール・リシャール、ジル・ドゥルーズ、サミュエル・ベケット、ジョルジュ・プーレ、モーリス・ブランショ、ジュリアン・グラック、ナボコフ、ジュリア・クリステヴァといった同時代のすぐれた批評に蒙を啓かれ、クルチウス、ベンヤミン、ジャック・リヴィエール、クロード・モーリアック、アンドレ・モーロワ、ガエタン・ピコン、ジョルジュ・カトーイ、モーリス・バルデッシュ、バンジャマン・クレミュー、ジャン・ムートン、ジャン・ミイなどの研究書、ロベール・ドレフュス、マルセル・プラントヴィーニュをはじめとする回想録や書簡集などを夢中で読みあさっていました。ところが、結局は何冊かの再読したいプルースト論を除けば、何度目であろうと『失われた時を求めて』を再読するほうが残り少ない自らの人生でなすべきこととしては正しいと思うようになりました。

それゆえ、『失われた時を求めて』の個人全訳をすることになってからは、昔、夢見ていたように、すぐれたプルースト論を翻訳したいとも思わなくなっていたのですが、例外、すなわち、再読したいと思うプルースト論は、クルチウス、アンドレ・モーロワ、クリステヴァなど何人かのエッセイを別にすれば、『プルーストによる人生改善法』『プルーストと過ごす夏』『収容所のプルースト』、そして本書の四冊でした。いずれも正面切ってプルーストを論ずる研究書というより、肩の力を抜いて読めるプルースト論、あるいはプルーストに関するエッセイです。こういう類いの本なら紹介したいと思いました。

幸い、最初の三冊はふさわしい訳者を得て刊行されました。ならばピションの本はぜひ自分で訳そうと考えたのがそもそもの出発点でした。原書は小さく薄い本ですが、翻訳版では附録をつけることにしたのも私の判断です。

タイトルは編集部と相談して決めました。

それなら、ピションの本に私が心動かされたのはなぜかという話になります。第一の理由は、自分で『失われた時を求めて』を訳すことで見えてきたのですが、プルーストの並外れた偉大さのまえでは、自説の開陳が先に立つ私などのプルースト論では歯が立たないのではないかという思いが強くなって来たからです。あるいは、翻訳者はあくまで黒子であり、それに徹することで、自分の「研究」の限界が痛いほどわかったから、と言い換えてもいいかもしれません。

『失われた時を求めて』はピションも言うように、何千頁もある大長篇小説です。そこからある糸を探るように、自分のテーマに引きつけて研究論文をなす人々があとを絶たないのは当然のことでしょう。それだけプルーストの世界が豊饒である証拠であり、いずれも意味深い研究と言えるのですが、それにしても最終的に『失われた時を求めて』に未読の読者を誘わないとすれば、そうした研究の意義はどこにあるのか、私個人としてはずっと疑問に思ってきました。ピションの本には少なくともそのような心配はありません。ピションの本はそうしたいわゆる研究書ではなく、あくまでプルースト、あるいは『失われた時を求めて』に寄り添って話を進めているからです。本書の目的についてピションは次のように言います。

ひとことで言えば、『失われた時を求めて』を読んでみたいと思っていただくこと、それに尽きます。自分の人生を変えた本として挙げられるものはごくわずかですが、『失われた時を求めて』はまさにそうした本に属しています。とはいえ、魔法の杖を振ったかのようにいっぺんに人生が変わることはありません。自らの人生を変えるためには少しばかりの努力が必要です。作者のプルーストが必死に書き続け、道半ばで斃《たお》れたのも私たちのためだったのですから。

二つめの理由について書くには少し説明が必要でしょうか。

ここ数年、私が気になって仕方のないことがあります。それは『失われた時を求めて』で「挫折」するかどうかを気にする方が少なくないということです。

さまざまな機会に申し上げていることですが、本には読むにふさわしい時があります。『失われた時を求めて』をいま読めなくても、あるいは生涯縁がなくても構わない、ただし出会うことができればこれほど豊かな読書の時間は滅多にないと思うのです。その代わり、全篇読んだかどうかを他人と競う必要もありません。読書とはきわめて個人的な経験であり、誰かと競って勝ち負けを争うような行為ではないからです。

ピションの本はどうして『失われた時を求めて』を読み続けるのかという問いにつねに立ち返り、訳者のひとりである私にさえ励ましを与えてくれます。これだけ薄い本なのに豊潤な印象を与えるのは、なぜプルーストを読むのかという問いに真摯に、ときにはユーモアもまじえて答えようとしているからです。

なお、原著のプルーストの引用部分は、理解を深めていただくために前後を足したところがあります。その際、すでに拙訳のあるものは光文社古典新訳文庫版を使用しました。転載を快く認めてくださった光文社古典新訳文庫編集長、中町俊伸さんにあつく御礼を申し上げます。

読者ひとりひとりが『失われた時を求めて』を読む理由を考え続けること。そこに新たな読書の可能性が生まれます。挫折や未読といった言葉に惑わされることなく、虚心坦懐に作品に向かうとき、読者の目の前に拡がるのはのびやかで自在に変貌する光景のはずです。そうした時間を迎えたいと願うすべての読者にこの訳書を贈ります。末尾になりましたが、企画の段階からお世話になった元白水社編集部の菅家千珠さんに心から感謝を捧げます。菅家さんがいなければ、この訳書が日の目を見ることはありませんでした。

二〇二〇年秋　高遠弘美

本書に登場する固有名詞索引

＊各項目のあとに記した文字は以下の略。
人·実 実在の人物　人·虚 架空の人物　地·実 実在の地名　地·虚 架空の地名
作 作品名　事 事件・事項・その他
＊人名で国が書かれていない場合はフランス人。

ア

アグリジャント大公 人·虚：サロンの常連。綽名は「グリグリ」。

アゴスティネリ、アルフレッド 人·実：カブールでプルーストが雇った運転手。プルーストに愛されるが失踪。飛行機事故で死亡。アルベルチーヌ造型にヒントを与えた。

アース、シャルル 人·実：スワンのモデルのひとりと目される株式仲買人。

アストリュク、ガブリエル 人·実：実業家。シャンゼリゼ劇場を造るがすぐに破産。『失われた時を求めて』を読み、自殺から救われたと書いている。

『アタリー』 作：ラシーヌの晩年の宗教悲劇。

アドルフ叔父 人·虚：「薔薇色の婦人」（のちのオデット）とつきあっていた。本文 p.65 参照。

『アミアンの聖書』 作：ラスキン作、プルースト訳。本文 p.19 参照。1904 年に刊行された。

アラゴン、ルイ 人·実：詩人・小説家。ダダ、シュルレアリスムに関わる。

アルガン 人·虚：モリエール『病は気から』の主人公。

アルバレ、オディロン 人·実：忠実な家政婦だったセレストの夫。プルーストの運転手を務めていた。

アルバレ、セレスト 人·実：プルーストの家政婦を 1914 年～ 1920 年まで務める。回想録『ムッシュー・プルースト』は好著。

アルバレの姪 人·実：セレストの姪。「囚われの女」「消え去ったアルベルチーヌ」の浄書原稿をタイプで作成する手伝いをした。

アレヴィ、ダニエル 人·実：リセ時代の友人。歴史家・批評家として活躍した。

アーン、レーナルド 人·実：音楽家。画家マドレーヌ・ルメール邸で知り合う。プルーストはアーンに友情以上の感情を抱く。最期の時まで親友だった。往復書簡が刊行されている。処女作『楽しみと日々』にはアーンの楽譜が収められていた。

アンチーブ 地·実：カンヌ近くの町。現在ピカソ美術館がある。

アンドレ 人·虚：花咲く乙女たちのひとり。アルベルチーヌの同性愛の相手と疑われる。

アンナ（アゴスティネリの「妻」） 人·実：アゴスティネリの事実上の妻。

イ

イリエ（イリエ・コンブレー）地·実：シャルトル近郊の村。父アドリアンの出身地。アミヨ叔母の家はプルースト記念館になっている。木造の教会がある。コンブレーに擬せられることが多く、1971 年イリエ・コンブレーと改称。

ウ

ウーラリ 人·虚：レオニ叔母を訪ねてくる老婆。

ヴァントゥイユ 人·虚：語り手の大伯母たちのピアノ教師。死後、その作品「ソナタ」と「七重奏曲」は広く受け入れられ、大作曲家として有名になる。本文 p.71 参照。

ヴァントゥイユ嬢 人·虚：同性愛者。語り手に目撃される。

ヴァントゥイユ嬢の女友達 人·虚：ヴァントゥイユ嬢の同性愛の相手。ヴァントゥイユの音楽を広めるべく努力する。

ヴィアン、ボリス 人·実：詩人、作家。作品に「おれはスノッブ」。

ヴィヴォンヌ川 地·虚：ゲルマントのほうを行くとその流れに出会う。

ヴィトレ 地·実：語り手が夢想するパリ発 1 時 22 分の列車が停まる駅。

ヴィルパリジ夫人 人·虚：語り手の祖母の同級生。侯爵夫人。ノルポワ氏の愛人。

『ウィルヘルム・マイスター』作：主人公の成長を描くゲーテの教養小説。

ヴェイユ、アデル 人·実：母方の祖母。愛情細やかで、教養溢れる女性だった。夫はナテ・ヴェイユ。

（大叔父の）ヴェイユ 人·実：ジョルジュ・ヴェイユ。ロール・エーマンを囲っていた。

（祖父の）ヴェィユ 人·実：ナテ・ヴェイユ。実業家。

ヴェネツィア 地·実：祖母がくれたティツィアーノの絵などの影響で少年の頃の語り手が夢想する土地。「消え去ったアルベルチーヌ」で訪れる。

ヴェルデュラン夫人（シドニー）人·虚：本文 p.59 参照。「スワンの恋」で登場。サロンを主宰する富裕なブルジョワ。貴族に敵愾心を燃え立たせるが、最終的にはゲルマント大公夫人となる。夫のヴェルデュラン氏は皮肉屋。

ヴュイヤール、エドワール 人·実：ナビ派の画家。プルーストの知人。

エ

エステラジー、フェルディナン・ヴァルサン 人·実：陸軍将校。ドレフュス事件の真犯人とされるが、軍法会議では無罪。

NRF《エヌ・エル・エフ》事：「ヌーヴェル・ルヴュ・フランセーズ（新フランス評論）」。1908 年創刊の文藝誌。のち、ガリマール書店となる。

エーマン、ロール 人·実：大叔父が囲っていた高級娼婦。プルーストとも知り合いだった。

エメ 人·虚：バルベックのグランドホテルの給仕長。さまざまな場面で登場する。

エルスチール 人·虚：「スワンの恋」では「ムッシュー・ビッシュ（ビッシュさん）」

と呼ばれていたが、「花咲く乙女たちのかげに」では印象派ふうの絵を描く大画家エルスチールとなった。本文 p.69 参照。

エレディア、ジョゼ・マリア・ド 人·実：高踏派の詩人。次女はアンリ・ド・レニエ夫人に、三女はピエール・ルイス夫人となった。

オ

黄金伝説 作：聖人の伝説を集めたもの。中には男女によらない出産の例が書かれている。

オクターヴ 人·虚：語り手がバルベックで出会ったジゴロ。

オデット 人·虚：本文 p.49 参照。ココット。スワンに愛され、愛が冷めてから結婚。ジルベルトを産む。スワン夫人、フォルシュヴィル伯爵夫人へと変わっていく。

オートゥイユ 地·実：母方の大叔父のルイ・ヴェイユの家があった地区。プルーストの母親はパリ・コミューンの混乱を避け、母方の大叔父宅でプルーストを産んだ。近くに、エクトル・ギマールの建築が複数残されている。

オランダ 地·実：プルーストが実際に訪れた土地。オランダ画家の発見にも繋がった。

オランドルフ社 事：『失われた時を求めて』の出版を断った出版社。

オルレアン 地·実：プルーストが兵役に就いた土地。

カ

カイヤヴェ夫人、アルマン・ド 人·実：劇作家・ジャーナリストのガストン・アルマン・ド・カイヤヴェの母。本名レオンチーヌ・リップマン。パリの代表的サロンを主宰。アナトール・フランスの愛人。ヴェルデュラン夫人のモデルのひとり。

カサ・フェルテ、ヤン・ド 人·実：侯爵。プルーストの友人。母親は皇后ウージェニーの姪。

『カピテーヌ・フラカス』 作：ゴーチエ晩年の傑作。田辺貞之助訳がある。

カフェ・コンセール 事：大衆的な音楽酒場。ロミに関連書がある。コンセール・マイヨールもそのひとつ。

カブール 地·実：ノルマンディーのリゾート地。カーンからバスで 30 分ほど。グランドホテルにはプルーストが泊まっていた部屋が残されている。

ガリマール、ガストン 人·実：出版人。プルーストの友人。ガリマール書店をフランス屈指の出版社に育てた。

『カルメン』 作：メリメ作。ジョルジュ・ビゼーがオペラに仕立てたことでも有名。

『感情教育』 作：フローベールの代表的長篇。

カンブルメール夫人 人·虚：ルグランダンの妹。侯爵に嫁ぎ、貴族の仲間入りをする。

カンブルメール夫人の夫 人·虚：地方貴族。侯爵。

カンペルレ 地·実: 語り手が夢想するパリ発 1 時 22 分の列車が停まる駅。

キ

ギッシュ公爵、アルマン・ド・グラモン 人·実 : プルーストの友人。アジェノール公爵の息子。ロベール・ド・サン・ルーのモデルのひとりと言われる。

『木の十字架』 作 : ロラン・ドルジュレスの戦争小説。

(私たちの / 我が家の) 給仕長 人·虚 : ドレフュス派で、ゲルマント家の給仕長と反目し合う。

キュービスム 事 : ピカソとブラックが始めた美術運動。立体派。

ク

クータンス 地·実 : 語り手が夢想するパリ発 1 時 22 分の列車が停まる駅。

グラッセ社 事 : 1913 年、プルーストの自費出版で「スワン家のほうへ」を出した出版社。1987 年には、プルースト最後の手が入った『消え去ったアルベルチーヌ』を刊行した。

(バルベックの) グランドホテルのエレベーターボーイ 人·虚 :「リフト」と呼ばれている。サン・ルーの同性愛の相手と疑われる。

(バルベックの) グランドホテルの支配人 人·虚 : スノッブとして描かれる。

グレヴィ、ジュール 人·実 : 第三共和制第 4 代大統領。

グレフュール、エレーヌ 人·実 : ロベール・ド・モンテスキウの姪。詩人。ギッシュ公爵と結婚。公爵夫人としてサロンの花形となる。1904 年、2 人の結婚式に参列したプルーストとされる画像が最近発掘された。

クレマンソー、ジョルジュ 人·実 : 政治家。2 回、首相を務める。

ケ

ケスタンベール 地·実 : 語り手が夢想するパリ発 1 時 22 分の列車が停まる駅。

ゲーテ 人·実 : 文豪と言われるドイツの詩人。

ゲルマント家の給仕長 人·虚 : 反ドレフュス派として、過激な主張をする。

ゲルマント公爵 (バザン・ド) 人·虚 : 本文 p.58 参照。オリアーヌの夫。見栄っ張りで傲岸なところがある。

ゲルマント公爵夫人 (オリアーヌ・ド) 人·虚 : 本文 p.57 参照。最初は夢想のなかの存在だが、やがて現実の女性として姿を現す。スワンと仲がよい。社交界の中心人物。

ゲルマント大公 人·虚 : 最後に、ヴェルデュラン夫人と結婚する。

ゲルマントのほう 地·虚 : 本文 p.125 参照。コンブレーの 2 つの道のひとつ。

『弦楽四重奏曲第二番』 作 : ボロディンの作品。

コ

コクトー、ジャン 人·実 :詩人。プルーストとも交友があった。『屋根の上の牛』(音 楽はダリウス・ミヨー) の作者。

コタール 人·虚 : 本文 p.72 参照。医師。ヴェルデュラン夫人のサロンの常連。

ゴーチエ、テオフィル 人·実 ：小説家・劇作家。バレエ台本「ジゼル」でも知られる。

『胡麻と百合』作 ：ラスキン作、プルースト訳。1906年刊行。プルーストの「読書論」でも知られる。本文 p.19 参照。

ゴンクール賞 事 ：1903年創設の文学賞。フランスでもっとも権威があるとされる。1919年、『花咲く乙女たちのかげに』でプルーストが受賞。

コンブレー 地·虚 ：語り手が幼年時代を過ごした村。1913年のグラッセ版では、イリエとは遠く離れた場所として設定されていた。名前こそ合体されているものの、コンブレーはイリエではないことをいつも気に留めておきたい。

サ

サニエット 人·虚 ：本文 p.75 参照。気の弱い文書館員。ヴェルデュラン夫人のサロンの常連。

サン・サーンス、カミーユ 人·実 ：作曲家。交響曲、オペラ、協奏曲など名曲をあまた遺した。

サン・トゥーヴェルト夫人 人·虚 ：サロンの主宰者。侯爵夫人。

サン・ルー・アン・ブレ、ロベール・ド 人·虚 ：本文 p.61 参照。語り手の親友。ジルベルトと結婚。同性愛者。戦死。

サント・ブーヴ 人·実 ：文藝批評家。作者の実生活を知ることが作品理解の要と考えた。作品そのものを優先するプルーストの立場とは逆にあったと言える。

『サント・ブーヴに反論する』作 ：プルーストの著作。本文 p.27 参照。1954年になってはじめて本の形にまとめられた。1971年改訂版刊行。『失われた時を求めて』に繋がる重要な作品。

シ

「幸せな愛などない」作 ：ルイ・アラゴンの詩の一句。ブラッサンスが曲を附けて歌ったものが、ゴダール『勝手にしやがれ』で効果的に用いられている。

システィナ礼拝堂 地·実 ：ボッティチェリの絵が飾られたバチカンの礼拝堂。

ジッド、アンドレ 人·実 ：プルーストと同世代の小説家。NRF 編集主幹のとき、「スワン家のほうへ」の出版を断るが、グラッセ版が出たとき、プルーストに謝罪。その後仲直りして、その後の巻も含めて NRF（ガリマール）から出すことに。

シモネ、アルベルチーヌ 人·虚 ：本文 p.54 参照。花咲く乙女たちのひとり。やがて語り手の恋人になり、パリで奇妙な同棲生活を始めるが失踪。落馬事故で死亡。語り手はその死後まで嫉妬に苦しむ。同性愛者。

ジャック・デュ・ロジエ 人·虚 ：アルベール・ブロックの別名。

シャルダン、ジャン・シメオン 人·実 ：画家。日常のなかに美を見いだす。プルーストの美学の根幹に通ずる画家。

シャルトル 地·実 ：シャルトル・ブルーのステンドグラスで知られる大聖堂がある。パリから電車で 1 時間足らずで行ける。イリエ行きの路線の始点。
シャルリュス 人·虚 ：本文 p.56 参照。ゲルマント家の大立て者。サン・ルーの叔父。同性愛者。
『ジャン・サントゥイユ』 作 ：本文 p.18 参照。プルーストの長篇小説。死後 30 年経った 1952 年に出版。改訂版が 1971 年に出た。
自由政治科学学院（パリ政治学院の前身） 事 ：1871 年創設。最初は私立。現在はフランス屈指のグランゼコールのひとつ。通称 Science-Po「シアンス・ポー」。プルーストは登録していくつかの講義を聴く。
ジュピアン 人·虚 ：本文 p.57 参照。パリで同じ館に住む職人。シャルリュスの同性愛の相手。
ジュピアンの姪 人·虚 ：本文 p.77 参照。モレルの恋人になる。
ジョイス、ジェイムズ 人·実 ：アイルランドの小説家。『ユリシーズ』は『失われた時を求めて』と並ぶ傑作。
ジョッキークラブ 事 ：パリ社交界で最高級のクラブ。
ジョレス、ジャン 人·実 ：社会主義者・政治家。第一次世界大戦に反対するが、狂信派に暗殺された。
ジルベルト 人·虚 ：本文 p.50 参照。スワンの娘。語り手のパリでの遊び相手。のちにサン・ルーと結婚。ふたつの「ほう」が合体する。
『箴言集』 作 ：ラ・ロシュフーコーの警句集。
新フランス評論出版社 事 → NRF 社 事

ス

スコット、ウォルター 人·実 ：スコットランドの詩人。『湖上の美人』ほか。
スーゾ公女 人·実 ：ポール・モランの妻となった。プルーストと出会ったのは 1917 年。ホテル・リッツに滞在していた。
スタンダール 人·実 ：19 世紀の小説家。『赤と黒』『パルムの僧院』他。
ストラヴィンスキー 人·実　20 世紀の代表的作曲家。『春の祭典』ほか。
ストロース夫人 人·実 ：ジャック・ビゼーの母。ゲルマント公爵夫人やオデットのモデルのひとりと言われる。
スノッブ 事 ：気取り屋というだけでなく、自分が他人とは違うと示したい人たち。
スノビズム 事 ：スノッブたちの振る舞いに見られる心理。
スワン、シャルル 人·虚 ：本文 p.49 参照。ユダヤ人。上流社交界でもてはやされるが、オデットと結婚後は軽んじられる。フェルメールの研究家。教養人として、語り手を導く。愛においても。
「スワンの恋」 作 ：「スワン家のほうへ」第 2 部。唯一 3 人称で描かれる。

セ

政教分離法 事：教会と国家の分離を定めた法律。1905 年公布。プルーストは「大聖堂の死」を書き、その問題点を批判した。

『精神分析入門』 作：フロイトの主著。

セヴィニエ夫人 人·実：17 世紀書簡文学の作家。祖母と母の愛読書。

『千一夜物語』 作：別名「アラビアンナイト」「千夜一夜物語」。プルーストの愛読書のひとつ。

ソ

（語り手の）祖母 人·虚：本文 p.66 参照。語り手に対する愛情の発露がすばらしい。死の場面も忘れがたい。

ゾラ、エミール 人·実：自然主義を代表する小説家。ドレフュス事件では「私は弾劾する」を発表し、ドレフュス支持を訴える。一時英国に亡命。代表作に「ルーゴン・マッカール」叢書全 20 巻。

ソレル、アルベール 人·実：哲学者ジョルジュ・ソレルのいとこ。外交史の創始者的存在。プルーストの恩師のひとり。1906 年没。

タ

第一次世界大戦 事：1914 年、勃発。1918 年休戦。多くの死者が出た。プルーストは兵役を免除された。

『楽しみと日々』 作：本文 p.17 参照。1896 年、自費で刊行されたプルーストの処女作。

ダルトン姉妹 人·実：ミュッセが愛したエメ・ダルトンの甥のダルトン子爵の2 人の娘、エレーヌとコレット。コレットはアルベルチーヌを思わせるところがあったという。プルーストのお気に入りだった。

ダルビュフェラ公爵 人·実：プルーストの友人。女優ルイザ・ド・モルナンを愛人にしていた。女優のラシェルを恋人にしていたサン・ルーを思わせる。

ダルリュ、アルフォンス 人·実：リセの教師。哲学者で、プルーストに多大なる影響を与えた。

チ

（語り手の）父親 人·虚：本文 p.66 参照。官僚。厳格だが優しい面もある。

チッポラ（祭司エテロの娘） 人·虚：ボッティチェリが描いた絵のモチーフとなった女性。

『チャタレイ夫人の恋人』 作：D·H·ロレンス作。性描写のために初版（1928 年）では私家版で出さざるを得ず、公に完全版が出たのは、1960 年だった。

テ

ディアギレフ、セルゲイ 人·実：バレエ・リュスの創始者。

ディーヴ 地·実：ワーズ県の町。サン・マルタン教会がある。

デュ・ブルボン医師 人·虚：名医のひとり。ベルゴットの愛読者。

デュマ（ペール）、アレクサンドル 人·実：19世紀を代表する大衆小説家。『モンテクリスト伯』『ダルタニャン物語』。

デュマ・フィス、アレクサンドル 人·実：小説家・劇作家。『椿姫』など。デュマ・ペールの息子。

『デルフトの眺望』作：プルーストが「世界で一番美しい絵」だと書いているフェルメールの作品。デン・ハーグのマウリッツハイス美術館収蔵。

ト

ドゥルーズ、ジル 人·実：哲学者。『プルーストとシーニュ』は劃期的プルースト論。新訳が出た。

トゥーレーヌ 地·実：トゥールを州都としたかつての州名。ロワール川沿いの城が有名。

ドーデ、アルフォンス 人·実：小説家。『風車小屋便り』ほか。反ユダヤ主義者でもあった。

ドーデ、リュシアン 人·実：アルフォンスの次男。画家。プルーストの友人。

ドーデ、レオン 人·実：アルフォンスの長男。右翼活動家。プルーストの友人。

ドビュッシー 人·実　フランス近代の大作曲家。オペラも有名。

ドルジュレス、ロラン 人·実：小説家。ゴンクール賞の選考でプルーストに敗れる。

ドレフュス、ロベール 人·実：ジャーナリスト・作家。リセ以来のプルーストの友人。

ドレフュス事件 事：本文 p.111 参照。ユダヤ人アルフレッド・ドレフュス大尉が冤罪で逮捕、流刑にあった事件。真犯人は捕まらず、偽書を作成した犯人は獄中で自殺、と謎の多い事件で、いまも新説が出されるほど。当時のフランスの国論を二分した大事件だった。プルーストはドレフュス擁護にまわった。

ドンシエール 地·虚：サン・ルーが入営した駐屯地。語り手もそこへ行き、兵士たちとさまざまに語り合う。

ナ

ナミア、アルベール 人·実：アゴスティネリの友人。

ニ

ニジンスキー、ヴァーツラフ 人·実：バレエ・リュスのダンサー、振付師。

ネ

ネルヴァル、ジェラール・ド 人·実：詩人・小説家。『火の娘たち』ほか。プルーストに根本的な影響を与えたひとり。

ノ

ノアイユ、アンナ・ド 人·実：詩人。ルーマニアの貴族、ビベスコ家とブランコヴァン家の血を引く。文学サロンを主宰。

ノルポワ氏（侯爵） 人·虚 ：ヴィルパリジ侯爵夫人の愛人。語り手の家にも訪ねてくる。

ノルマンディー 地·実 ：フランス北西部に拡がる地域。プルーストが愛したカブールなど。

ハ

バイユー 地·実 ：語り手が夢想するパリ発1時22分の列車が停まる駅。

（語り手の）母親 人·虚 ：本文p.66参照。語り手最愛の存在。アルベルチーヌ亡き後、ともにヴェネツィア旅行へゆく。

パリ　アムラン通り44番地 地·実 ：プルーストが晩年、死ぬまで住んでいた。現在はホテル。

パリ　オスマン大通り102番地 地·実 ：1906年から1919年までプルーストが住んだ。現在は1階に銀行が入っている。

パリ　オデオン座 地·実 ：1782年開業。パリ6区オデオン広場。

パリ　オペラ・ガルニエ座 地·実 ：1875年開業。パリ9区オペラ広場。

パリ　シャトレ座 地·実 ：1862年開業。パリ1区シャトレ広場1番地。

パリ　シャンゼリゼ 地·実 ：パリ右岸。コンコルド広場から凱旋門にいたるあたりを指す。

パリ　シャンゼリゼ劇場 地·実 ：1913年創業。パリ8区モンテーニュ通り15番地。

パリ　16区 地·実 ：パリの西側。ブーローニュの森が近い。高級住宅地。

パリ　スカラ座 地·実 ：1874年開業。パリ10区ストラスブール大通り13番地。

パリ　ノートルダム寺院（大聖堂） 地·実 ：シテ島に建つパリ司教座大聖堂。2019年火災に遭う。

パリ　フォーブール・サン・ジェルマン 地·実 ：セーヌ左岸。サン・ジェルマン大通りの南側に位置する地域。大貴族が多く住んでいたことから、上流貴族の代名詞になった。

パリ　ブーローニュの森 地·実 ：パリの西側に拡がる宏大な公園。オデットはよくここを散歩した。

パリ　ペール・ラシェーズ墓地 地·実 ：パリ20区の広大な墓地。プルースト家の墓所がある。

パリ　モンソー通り 地·実 ：パリ8区。モンソー公園とサン・ラザール駅の近く。

パリ　リッツホテル 地·実 ：ヴァンドーム広場にある高級ホテル。プルーストはここで食事をするのを好んだ。

パリ　ルーヴル美術館 地·実 ：1793年開館。プルーストも通った。1989年のフランス革命200年祭を記念してガラスのピラミッドが作られた。

パリ政治学院 事 ：自由政治科学学院の項参照。

バルザック、オノレ・ド 人·実 ：19世紀を代表する小説家。「人間喜劇」の総題で多数の小説を書いた。

バルベック 地·虚：架空のリゾート地。語り手が夢想するパリ発1時22分の列車が停まる駅。語り手はそこで花咲く乙女たちやサン・ルーらと出会う。

ハルス、フランス 人·実：17世紀オランダの画家。人物画の傑作が多い。

バレエ・リュス 事：ディアギレフが創設したバレエ。天才ダンサー、ニジンスキーによって人気は沸騰した。

バレス、モーリス 人·実：右翼的小説家。『霊感の丘』『自我礼拝』など。

バンケ（饗宴）誌 事：若きプルーストが友人たちと作っていた同人誌。

ヒ

ピカール、ジョルジュ 人·実：ドレフュス事件の際の参謀本部情報局長。

ビゼー、ジャック 人·実：医師。ジョルジュの息子。プルーストの友人。

ビゼー、ジョルジュ 人·実：作曲家。『カルメン』『アルルの女』ほか。

ビベスコ、アントワーヌ 人·実：ルーマニアの貴族。外交官。若きプルーストの友人。クルセル通り時代には近所に住み、親しくつき合っていた。

ビベスコ、エマニュエル 人·実：アントワーヌの弟。兄を通じてプルーストと知り合う。自らの車でプルーストをドライブに連れて行ったりした。

フ

ファウスト 人·虚：ゲーテ『ファウスト』の主人公。

フィガロ紙 事：1826年創刊の日刊紙。保守的論調の新聞だったが、文藝欄に優れ、プルーストもしばしば寄稿した。

『フェードル』作：ラシーヌの悲劇。

フェヌロン、ベルトラン・ド 人·実：プルーストの親友。国立図書館で知り合う。1914年、36歳で戦死。サン・ルーのモデルのひとり。

フェルメール、ヨハネス 人·実：17世紀オランダの画家。長い忘却の淵から一気にいまの栄光を浴びるまでには、プルーストの影響が少なくないとされる。スワンはフェルメールの研究家であり、ベルゴットは『デルフトの眺望』を見ながら死ぬ設定になっている。

フォルシュヴィル伯爵 人·虚：本文 p.50 参照。オデットとつきあったのち、スワンが死んでから結婚。

フォーレ、ガブリエル 人·実：作曲家。室内楽曲、歌曲のほか、『レクイエム』がある。

ブノデ（ベノデ）地·実：語り手が夢想するパリ発1時22分の列車が停まる駅。

フランク、セザール 人·実：作曲家。ヴァイオリンソナタ、交響曲など。

ブランコヴァン、コンスタンタン・ド 人·実：ルーマニア出身の貴族。プルーストの友人。

フランス、アナトール 人·実：小説家。プルーストに公私ともに影響を与えた。『楽しみと日々』の序文もフランス。

フランソワーズ 人·虚：本文 p.52 参照。「台所のミケランジェロ」と言われるほ

ど名料理人。レオニ叔母に仕えたあと、語り手一家に仕える。

プランテ 人·実：当時の名ピアニスト。

プラントヴィーニュ、マルセル 人·実：カブールで出会ったプルーストの友人。サン・ルーのモデルのひとりと言われる。プルーストの回想録を刊行した。

ブリアン、アリスティード 人·実：政治家。社会主義者。首相も務めた。政教分離法案を起草した。

ブリショ 人·虚：本文 p.74 参照。ソルボンヌ大学教授。ヴェルデュラン夫人のサロンの常連。

プルースト、アドリアン 人·実：プルーストの父。医師・パリ大学医学部教授。衛生局総監も務めた。

プルースト、ジャンヌ 人·実：プルーストの母。旧姓はヴェイユ。ユダヤの家系だったが、子供たちはカトリックとして育てた。本文 p.10 参照。

プルースト、ロベール 人·実：プルーストの弟。医師。プルースト没後、兄の原稿が本になるよう尽力した。いまは両親、妻、兄とともに同じ墓所に眠る。

ブルターニュ 地·実：パリの西方、大西洋側の地域。ブルトン語が使われていた。

ブルトン、アンドレ・ 人·実：シュルレアリスムの詩人。『失われた時を求めて』の校正をしたことがある。

ブルム、レオン 人·実：社会党の政治家。3 回、首相を務める。

プーレ、ジョルジュ 人·実：批評家。『プルースト的空間』『人間的時間の研究』は欠かせない。

プーレ四重奏団 事：著名な四重奏団。

ブレル、ジャック 人·実：ベルギー出身の歌手。ブラッサンス、レオ・フェレと並ぶ人気だった。

フロイト、ジークムント 人·実：オーストリアの精神科医。精神分析学の創始者。

ブロック、アルベール 人·虚：本文 p.63 参照。語り手の友人。皮肉屋だが、語り手の導き手でもある。ジャック・デュ・ロジエとも名乗る。

フローベール、ギュスターヴ 人·実：19 世紀の代表的小説家。『ボヴァリー夫人』『感情教育』など。プルーストは「フローベールの文体について」を書いている。

へ

ベグ・メイユ 地·実：ブルターニュの海岸沿いの町。岬がある。
ベナルダキ、マリ・ド 人·実：プルーストの幼友達。ジルベルトのモデルのひとり。
ベル・イル島 地·実：ベル・イル・アン・メール。ブルターニュ沿岸の島。
ベル・エポック 事：「よき時代」。19 世紀末から第一次世界大戦勃発の 1914 年まで。
ベルゴット 人·虚：本文 p.68 参照。幼い頃の語り手が憧れる小説家。のち、知り合う。フェルメールを見ながら死ぬ。

モーラス、シャルル人·実：右翼の批評家、作家、詩人。

モラン、ポール 人·実 ：小説家。プルーストと親交があった。

モリエール 人·実 ：17 世紀の代表的な劇作家のひとり。

モルナン、ルイザ・ド 人·実 ：女優。ダルビュフェラ公爵の愛人。プルーストからも愛された。1904 年、プルーストはルイザに失恋。

モレル、シャルル 人·虚：本文 p.76 参照。ヴァイオリニスト。同性愛者でもある。

モーロワ、アンドレ 人·実 ：小説家・批評家。アルマン・ド・カイヤヴェ夫人の孫娘のシモーヌと結婚。プルーストのオリジナル資料を駆使した『プルーストを求めて』は傑作評伝。

モンテスキウ伯爵、ロベール・ド 人·実 ：詩人。ユイスマンス『さかしま』、プルーストのシャルリュスのモデルのひとりと言われる。

モンテスキュー 人·実 ：法学者・思想家。『ペルシア人の手紙』『法の精神』。

ヤ

ヤハウェ 事：旧約聖書の絶対神。

ラ

ラ・ファイエット夫人 人·実 ：作家。『クレーヴの奥方』。
ラ・ブリュイエール 人·実 ：17 世紀の文筆家。『人さまざま』で知られる。
ラ・ベルマ 人·虚 ：本文 p.70 参照。女優。語り手の憧れの女優だった。変貌するひとり。
ラ・ロシュフーコー 人·実 ：17 世紀のモラリスト。『箴言集』。
ラカン、ジャック 人·実 ：哲学者・精神分析学者。フロイトを称揚した。
ラクルテル、ジャック・ド 人·実 ：作家・アカデミー会員。プルースト友の会会長も務めた。プルーストの友人。
ラシェル 人·虚 ：本文 p.63 参照。サン・ルーの愛人。語り手は娼家で出会う。
ラシーヌ、ジャン 人·実 ：17 世紀古典悲劇の最高の作者のひとり。
ラスキン、ジョン 人·実：英国の美術批評家。プルーストは大きな影響を受けて、長い解説附きの訳書を 2 冊出版している。
ラニヨン 地·実 ：語り手が夢想するパリ発 1 時 22 分の列車が停まる駅。
ランバル 地·実 ：語り手が夢想するパリ発 1 時 22 分の列車が停まる駅。

リ

リヴィエール、ジャック 人·実 ：『失われた時を求めて』の魅力と素晴らしさを最初から見抜き、プルーストの死後も続篇刊行の中心的存在として活動した。批評家。NRF 編集長。チフスのため、38 歳で死去。
リジュー 地·実 ：ノルマンディーの町。
リセ・コンドルセ 事：パリ 9 区ル・アーヴル通り 8 番地にある名門リセ。卒業生に、ベルクソン、ヴァレリー、ヴェルレーヌ、ヴィアン、プルーストらがいる。

ル

ル・キュジア、アルベール 人·実：いかがわしいホテルの経営者。

ル・ブッフ・シュール・ル・トワ（屋根の上の牛）事：カフェ・コンセールのひとつ。場所は変わったが現存する。

ルヴュ・ブランシュ誌 事：若きプルーストが作品を寄せた同人誌。

ルグランダン 人·虚：本文 p.78 参照。技師・作家。スノッブの典型。

ルコント・ド・リール 人·実：高踏派の詩人。ブロックが愛読している。

ルドルフ大公 人·実：オーストリア皇帝フランツ・ヨーゼフ一世の嫡子。ウイーン近郊マイヤーリンクの狩猟小屋で、愛人とともに絶命しているところを発見された。自殺か他殺かも不明で事件は迷宮入りした。仏映画「うたかたの恋」はこの事件を題材にしている

ルービンシュタイン 人·実：当時の名ピアニスト。

ルーベ、エミール 人·実：第三共和制第 8 代大統領。

ルナン、エルネスト 人·実：思想家。『イエス伝』が有名。

ルメール、マドレーヌ 人·実：画家。プルーストはレーナルド・アーンとルメール邸で出会う。『楽しみと日々』の挿絵を描いている。

レ

レオニ叔母 人·虚：本文 p.64 参照。コンブレーに住む。語り手一家は夏休みにレオニ叔母の家に泊まっていた。マドレーヌの挿話を導き出す重要な人物。

レジャーヌ 人·実：女優。プルーストは賞讃している。

レ・ローム大公夫人 人·虚：ゲルマント公爵夫人の別称。

『恋愛論』 作：スタンダールの作品。

レンブラント・ファン・レイン 人·実：オランダを代表する大画家。

ロ

ロジエ、ジャック・デュ 人·虚：ブロックの別名。

ロシャ、アンリ 人·実：リッツホテルのボーイ。

ロスチャイルド家 人·実：世界有数の富豪。

ロチ、ピエール 人·実：小説家。旅をよくした。『お菊さん』ほか。

ロラン、ジャン 人·実：小説家。1896 年、『楽しみと日々』を揶揄し、プルーストと決闘する羽目になる。

ローリス、ジョルジュ・ド 人·実：プルーストの親友。サン・ルーのモデルのひとり。

ロレンス、D・H 人·実：英国の詩人・小説家。「チャタレイ夫人の恋人」ほか。

ワ

ワイルド、オスカー 人·実：詩人・批評家。同性愛を告発され投獄される。ペール・ラシェーズ墓地に眠る。

ワグナー、リヒャルト 人·実：ドイツの作曲家。プルースト鍾愛の音楽家。

プルースト関連年表　＊太字は歴史的事項。年齢は誕生日を考慮しない。

1870年　**普仏戦争敗戦ナポレオン三世退位。デュマ・ペール没。**

1871年　**ドイツ軍のパリ入城。パリ・コミューン。第三共和制。ゾラ「ルーゴン・マッカール叢書」刊行開始。ランボー「酔いどれ船」執筆。ヴァレリー誕生。**
7月10日、ヴァランタン・ルイ・ジョルジュ・ウジェーヌ・マルセル・プルースト、パリ郊外（現在は16区）オートゥイユのジャン・ド・ラ・フォンテーヌ通り96番地にあった、母方の大叔父の家で生まれる。父アドリヤンは37歳の医学博士。母はユダヤ人の資産家の娘ジャンヌ・クレマンス。夫より15歳年下の聡明な女性だった。普仏戦争、パリ攻囲、パリ・コミューンの動乱を避けて、8区のロワ街の自宅から避難していたが、難産で、プルーストは自身の虚弱体質は、当時母親が味わった不安のせいだと考えていた。
8月5日、今のプランタンデパートのすぐ裏手にあるサン・ルイ・ダンタン教会で洗礼を受ける。ジャンヌはユダヤ教徒のままだったが、子供は父親と同じカトリック教徒として育てようとした。

1872年　**ニーチェ『悲劇の誕生』。ゴーチエ没。**

1873年（2歳）　**ヴェルレーヌ、ランボーを傷つける。ランボー『地獄の季節』執筆。ドーデ『月曜物語』。**
5月、弟のロベール誕生。
8月、一家はマルゼルブ通り9番地に転居する。マドレーヌ寺院のすぐ近く、サン・トーギュスタン教会からも近い場所で、一家はここで1900年まで過ごす。

1875年　**ミレー、コロー没。**

1876年　**ベル、電話機を発明。トルストイ『アンナ・カレーニナ』（～1877）。ワグナー『ニーベルングの指輪』。ジョルジュ・サンド没。**

プルーストが生まれたジャン・ド・ラ・フォンテーヌ通り96番地。母方の大叔父の家だった

1877年　ゾラ『居酒屋』。フローベール『三つの物語』。クールベ没。

1878年　パリ万博。マロ『家なき子』。ファーブル『昆虫記』(～1907)。

(7歳)　9月ごろ、シャルトル近郊の村イリエの父方の叔母エリザベート・アミヨ宅で休暇を過ごす。以後、イリエは少年時代、たびたび訪れる場所となった。アミヨ叔母の家は現在プルースト記念館になっている。

1879年　イプセン『人形の家』。ドストエフスキー『カラマーゾフの兄弟』(～1880)。

(8歳)　6月、父アドリヤン、医学アカデミー会員となる。以後、パリ大学医学部教授、衛生局総監を歴任。コレラ対策などで活躍する有名人になってゆく。

1880年　フランス労働党成立。モーパッサン「脂肪の塊」。ジョージ・エリオット、フローベール没。

1881年　フランス、チュニジア占領。パナマ運河起工(～1914)。パストゥール、

(10歳)　狂犬病予防法発見。マルタン・デュ・ガール誕生。アミエル、ドストエフスキー、カーライル没。

春、ブーローニュの森で、最初の喘息の発作に襲われる。喘息は生涯の病となる。

秋頃、最初の観劇。

1882年　フランス、トンキンを征服。三国同盟(ドイツ、オーストリア、イ

(11歳)　タリア)成立。ワグナー『パルジファル』。ジロドゥー誕生。

秋、ロベールとともにオートゥイユの大叔父宅で過ごす。

10月、フォンターヌ(翌年コンドルセと改称)高等中学校入学。マルセルは病弱で、しばしば長期欠席をする。10代後半から芝居に通う。著名な文学者とも相知るようになる。

1883年　フランス、ハノイを占領。モーパッサン『女の一生』。マラルメ「火

(12歳)　曜会」評判になる。スティーヴンスン『宝島』。ニーチェ『ツァラトゥストラはかく語りき』(～1885)。ワグナー、ツルゲーネフ、マネ没。

父アドリアン

母ジャンヌ

弟ロベールと

8月、自然科学で優等賞2位、ギリシア語作文で準優秀賞4位、フランス語作文で5等賞。初聖体拝領。

1884年（13歳）　清仏戦争（～1885）。森鷗外ドイツ留学（～1888）。トゥェイン『ハックルベリ・フィンの冒険』。ユイスマンス『さかしま』。シュペルヴィエル誕生。

父、フランス衛生局総監に就任。夏、避暑地でギリシア語の勉強に励む。

1885年（14歳）　モーリアック、ジュール・ロマン誕生。ユーゴー没。

2月、優等生名簿に名前が載る。3学期は欠席。

10月、父がパリ大学医学部教授に就任。マルセルは当該学年すべて欠席。

1886年（15歳）　スティーヴンスン『ジキルとハイド』。ニーチェ『善悪の彼岸』。リラダン『未来のイヴ』

リセを休み、個人授業を受けながら母親とともに勉強する。

6月、アミヨ叔母死去。マルセルの両親が遺産相続をする。

イリエに最後の滞在をする

1887年（16歳）　仏領インドシナ連邦創設。鹿鳴館舞踏会。マラルメ『詩集』。ゾラ『大地』。ロチ『お菊さん』。シャガール誕生。

7月、毎日のようにマリ・ベナルダキとシャンゼリゼで遊ぶ。

8月、フランス語作文で準優秀賞四位。

1888年（17歳）　二葉亭四迷訳ツルゲーネフ「あひびき」「めぐりあひ」。

7月、フランス語作文で優等賞。夏はピエール・ロチなどを読む。同人誌に投稿を始める。

1889年（18歳）　ブーランジェ将軍事件。パリ万博。エッフェル塔。第二インターナショナル成立。ブールジェ『弟子』。コクトー誕生。リラダン、バルベー・ドールヴィイ没。

7月、文学バカロレア取得。フランス語小論文で優等賞。

プルースト一家が1873年から1900年まで住んでいたマルゼルブ通り9番地

秋、アナトール・フランスに紹介される。

11月、1年間の兵役志願。オルレアンの第76歩兵連隊に配属。喘息のため、市内に住む。

12月、母方の祖母ナテ・ヴェイユ夫人（アデル）が重篤になる。


1890年（19歳） フランスで最初のメーデー。ゴッホ没。

1月、祖母が尿毒症のため他界する。

5月、パリとカブールで休暇を過ごす。

11月、パリ大学法学部に入学。自由政治学院にも登録。

年末近く、モーパッサンと知り合う。


1891年（20歳） 仏露同盟成立。シベリア鉄道着工（～1905）。ジッド『アンドレ・ワルテルの手記』。ランボー、メルヴィル没。

3月、レジャーヌの舞台を観て感動する。

5月、アンドレ・ジッドと知り合う。

9月、カブールから母親に手紙を書く。

11頃、ジャック・エミール・ブランシュが鉛筆画で最初のプルーストの肖像画を描く。油彩画は翌年完成。


1892年（21歳） パナマ疑獄事件。メーテルランク『ペレアスとメリザンド』初演。モーパッサン発狂。ルナン、ホイットマン、テニソン没。

1月ごろ、友人たちと同人誌「饗宴」を始める。数年にわたり、『楽しみと日々』に纏められる作品を投稿する。

社交界への出入りが活潑になる。


1893年（22歳） ワイルド、フランス語で『サロメ』を発表。テーヌ、モーパッサン、グノー没。

夏、「つれない男」執筆（1896年雑誌発表）。

10月、法学士号取得。


1894年（23歳） ドレフュス事件（～1906）。日清戦争（～1895）。ランソン『フランス文学史』。ルコント・ド・リール、ペイター、スティーヴンスン没。

5月頃、マドレーヌ・ルメール邸でレーナルド・アーンと知り合う。

若き日のプルースト。20歳頃

9月、弟ロベールが自転車事故で重傷を負う。

複数の雑誌に記事や小品を発表。


1895年（24歳） フランスの労働総同盟成立。リュミエール兄弟、映画を発明。レントゲン、X線を発見。マルコーニ、無線電信を発明。ジッド『パリュード』。ヴァレリー『レオナルド・ダ・ヴィンチ方法序説』。エリュアール誕生。デュマ・フィス没。

未完に終わる長篇『ジャン・サントゥイユ』（『全集』の鈴木道彦・保苅瑞穂訳のほかに、井上究一郎・鈴木道彦・島田昌治共訳がある）を書き始めるが、1900年頃放棄。

3月、哲学科で文学学士号を取得。しばしばサロンや演劇、コンサートに通う。

6月、図書館無給司書（のち文部省に出向）として働きはじめるが、欠勤が多かった（1999年までそうした勤務実態が続き、ついには辞職することになる）。

8月、レーナルド・アーンとともにディエップのマドレーヌ・ルメール邸に滞在。サン・サーンスに紹介される。

9月、レーナルド・アーンとともにブルターニュへ行く。


1896年（25歳） フランスはマダガスカルを植民地とする。ヴァレリー『テスト氏との一夜』。ベルクソン『物質と記憶』。ルナール『博物誌』。ジャリ『ユビュ王』。チェーホフ『かもめ』。ブルトン誕生。ヴェルレーヌ没。

6月、書き溜めた短篇をまとめた詩文集『楽しみと日々』をカルマン・レヴィ社からごく少部数刊行する。序文アナトール・フランス、挿絵マドレーヌ・ルメール、楽譜レイナルド・アーン。当時としては破格に高い豪華本で、ほとんど無視された。『全集』収録の岩崎力訳（岩波文庫として刊行）以外に、齋藤磯雄・近藤光治・竹内道之助共訳、窪田般彌訳がある。

12月、レーナルド・アーン邸で、レーナルドの従妹マリー・ノードリンガーと出会う。


1897年（26歳） ロスタン『シラノ・ド・ベルジュラック』。ジッド『地の糧』。アラゴン誕生。アルフォンス・ドーデ没。

2月、小説家のジャン・ロランが書いた侮辱的な記事が原因で、ロランと決闘。弾はお互い逸れる。


1898年（27歳） ゾラ「私は弾劾する」を発表。キュリー夫妻、ラジウム発見。ギュスターヴ・モロー没。

1月、ゾラやアナトール・フランスらとともに「オーロール」紙に署名入りの抗議文を発表する。

10月、オランダ旅行。これ以前の保養に加えて、オランダ行き以後、プルーストはヴェネツィア、カブール、ブリュージュをはじめ、各地に旅行をする。

1899年 第一回万国平和会議。ドレフュス恩赦。シモンズ『文学における

（28 歳）　象徴主義運動』。トルストイ『復活』。「アクシオン・フランセーズ」誌創刊。
晩秋、ジョン・ラスキンについて研究を始める。ラスキン論は保苅瑞穂訳ちくま文庫版『プルースト評論選』（芸術篇）等で読むことができる。ちなみに、死後刊行の重要な文学論『サント・ブーヴに反論する』は同『評論選』（文学篇）にも多くが収録されている。

1900 年（29 歳）　フロイト『夢判断』。ミルボー『小間使いの日記』。フィリップ『母と子』。ワイルド、ラスキン、ニーチェ没。夏目漱石、英国留学。
1 月、ラスキン死去。プルーストは追悼記事を書く。
4 月、母親とヴェネツィア旅行。レーナルド・アーンとマリー・ノードリンガーと会う。
10 月、ひとりで再度ヴェネツィアへゆく。プルースト不在の間に、一家はクールセル通り 45 番地に転居。
12 月、コレージュ・ド・フランスのベルクソンの公開講義に出席する。

1901 年（30 歳）　マン『ブーデンブローク家の人びと』。マルロー誕生。
7 月 10 日、誕生日を迎えたこの日、友人の前で「まだ何の仕事もしていない」と叫んだと伝えられる。社交的集まりに依然として通う。

1902 年（31 歳）　バリー『ピーターパン』。ヘッセ『詩集』。リルケ『形象詩集』。ゴーリキー『どん底』。ジッド『背徳者』。ゾラ没。
4 月、ドビュッシー『ペレアスとメリザンド』初演を聴き、感動。
10 月、ベルギーとオランダに旅行する。フェルメール「デルフト眺望」などに深い感銘を覚える。社交界通いは続く。
12 月、友人への手紙で、作家としての天職に目覚めたと書き記す。

1903 年（32 歳）　フォード、自動車工場設立。ライト兄弟初飛行。アカデミー・ゴンクール発足。ゴーギャン没。
11 月、父アドリヤン、脳出血で死去。

1904 年（33 歳）　日露戦争（～ 1905）。英仏協商成立。ロラン『ジャン・クリストフ』。フェミナ賞創設。チェーホフ、ハーン没。
2 月、ラスキン『アミアンの聖書』翻訳刊行。マリー・ノードリンガーの協力でラスキン『胡麻と百合』翻訳を開始。「大聖堂の死」などを発表。ルイザ・ド・モルナンに失恋。その痛手から逃れるため社交生活にのめり込む。

1905 年（34 歳）　モロッコ事件。フランス統一社会党発足。フランス、政教分離法成立。アインシュタイン「相対性理論」（～ 1915）。サルトル誕生。ヴェルヌ、エレディア没。
9 月 26 日、母死去。母の死については、『プルースト全集』収録の年譜から引いておきたい。弟のロベールは父の後を継いで医学者になっていた。「9 月初め、プルースト夫人、マルセルとエヴィ

アンに到着後、尿毒症に倒れる。ロベール・プルーストが夫人をパリに連れ帰るが、体調の悪いマルセルはエヴィアンに残る。26日、ジャンヌ・プルースト夫人死去。56歳。葬儀は28日。マルセルは友人たちに悲痛な手紙を書く」

12月、ブーローニュ・シュル・セーヌのサナトリウムに入る（翌年1月後半まで）。


1906年（35歳）　ヘッセ『車輪の下』。クローデル『真昼に分かつ』。アラン「プロポ」連載開始。イプセン没。

5月、ラスキン『胡麻と百合』翻訳刊行。これはプルーストの訳した作品として吉田城訳で筑摩書房から刊行されている。

8月、ヴェルサイユのホテル・レゼルヴォワールに滞在。12月まで暮らす。

12月、オスマン通り102番地にあった、大叔父ルイ・ヴェイユ所有のアパルトマンを借りて移り住む。執筆に没頭。


1907年（36歳）　リュミエール、カラー写真術発明。ホーフマンスタール『詩集』。ベルクソン『創造的進化』。ユイスマンス、ジャリ没。

2月、「フィガロ」紙に「ある親殺しの感情」を発表。

3月、「フィガロ」紙に「読書の日々」を発表。この頃から、のちに『失われた時を求めて』で使われる文章を多く書くようになる。

11月、「フィガロ」紙に「自動車旅行の印象」を発表。これが『失われた時を求めて』で「引用」されるマルタンヴィルの鐘塔の描写となる。


1908年（37歳）　キュービスム運動起こる。バルビュス『地獄』。NRF誌創刊。メーテルランク『青い鳥』。ボーヴォワール誕生。

「サント・ブーヴに反論する」というタイトルで1954年に刊行されることになる文章を中心に据えた、ある作品の構想を練る。


1909年（38歳）　独仏、モロッコ協定締結。ジッド『狭き門』。

初夏頃、覚書をもとに書いていた原稿がしだいに小説のかたちをとり始める。当初は「サント・ブーヴに反論する」のタイトルで1冊にするはずだったが、やがてそれは『失われた時を求めて』へと変貌してゆくこととなった。


1910年（39歳）　リルケ『マルテの手記』。アポリネール『異端教祖株式会社』。モレアス、トルストイ、アンリ・ルソー没。

秋、カブールから帰るとすぐに、防音のために自室の壁をコルクで張りつめる。このころから死ぬまで愛用していた寝室用家具は、カルナヴァレ博物館で「プルーストの寝室」として見ることができる。


1911年（40歳）　第二次モロッコ事件。辛亥革命。マーラー没。

小説の執筆に励む。この頃は「失われた時」と「見いだされた時」の二部構成だった。

2月、部屋に劇場の音を電話で聴くことのできるテアトロフォンを設置。ワグナーやドビュッシーのオペラを聴く。

9月、作品の四分の一近くがタイプ原稿になったと友人の手紙に書く。

1912年（41歳）
モロッコ、フランスの保護領となる。第一次バルカン戦争。中華民国成立・清朝滅亡。クローデル『マリアへのお告げ』。明治が終わり大正に改元。
3月、「フィガロ」紙に「コンブレー」の抜萃を発表。
6月、同じく「コンブレー」の抜萃を同紙に掲載。ファスケル書店やガリマール書店と出版交渉するも不調に終わる。11月にガリマールに書いた手紙によれば、総題が「心情の間歇」。第1巻「失われた時」、第2巻「永遠の崇拝」、第3巻「見いだされた時」の予定だった。

1913年（42歳）

第二インターナショナルのバーゼル大会。ロレンス『息子と恋人』。マン『ヴェネツィアに死す』。アポリネール『アルコール』。バレス『霊感の丘』。プルースト『失われた時を求めて』(〜1927)。カミュ誕生。

1月、オランドルフ書店に原稿を送るが、結局は断られる。

3月、プルーストは自費出版を決意。グラッセ書店と契約。

4月、校正刷りが届き始める。20行の文が一行も残らないような徹底的な推敲が行われる。

夏、本文を短く切ることを決意。総題も『失われた時を求めて』になる。

11月、『失われた時を求めて』第一篇「スワン家のほうへ」をグラッセ書店から自費刊行。1750部。12月、第二刷。このグラッセ版に附された予告は以下の通り。「1914年刊行予定『失われた時を求めて──ゲルマントのほう』スワン夫人の家にて、土地の名──土地、シャルリュスとロベール・ド・サン・ルーの最初の素描、人の名──ゲルマント公爵夫人、ヴィルパリジ夫人のサロン　『失われた

校正刷り（左）とグラッセ版「スワン家のほうへ」の扉（右）

時を求めて――見いだされた時』花咲く乙女たちのかげに、ゲルマント大公夫人、シャルリュス氏とヴェルデュラン家の人びと、祖母の死、心情の間歇、パドヴァとコンブレーの『悪徳と美徳』、カンブルメール夫人、ロベール・ド・サン・ルーの結婚、終わりなき崇拝」。

1914年（43歳）　ジョレス暗殺される。第一次世界大戦勃発。パナマ運河開通。マルヌの会戦。ジョイス『ダブリンの人々』。ジッド『法王庁の抜け穴』。ルメートル、ミストラル没。アラン・フルニエ、ペギー戦死。
年末からこの年の初めにかけて毀誉褒貶が「スワン家のほうへ」に降りそそぐ。最初はガリマール書店の出版顧問として断ったアンドレ・ジードは誠実な詫び状をプルーストに書く。ファスケル書店やガリマール書店から、続篇を出させてほしいという依頼が来る。プルーストはグラッセで出し続ける決意をするが、8月に勃発した第一次大戦に社主ベルナール・グラッセが応召。戦争中、作品は限りなく膨張する。

1915年（44歳）　イタリア、連合国側につく。アインシュタイン『相対性原理』。モーム『人間の絆』。カフカ『変身』。ロラン、スイスに亡命。
9月、複数の医師を訪ね、徴兵猶予延長の許可をもらう。

1916年（45歳）　ヴェルダンの会戦。ソンムの会戦。フロイト『精神分析学入門講義』。レーニン『帝国主義論』。ジョイス『若き日の藝術家の肖像』。ツァラ、スイスでダダイスム運動を起こす。ロラン、1915年度のノーベル文学賞受賞。アポリネール『虐殺された詩人』。バルビュス『砲火』。ヘンリー・ジェイムズ、夏目漱石、上田敏没。
2月、ジードと和解。NRFから正式な依頼が来る。
8月、スイスの軍事病院にいたグラッセから、ガリマールに変えることに対する承諾の手紙が届く。作品はますます変貌を遂げてゆく。

1917年　ロシア二月革命。アメリカ合衆国参戦。ロシア十月革命。ヴァレリ

カルナヴァレ美術館に再現されている「プルーストの寝室」。最後まで愛用した家具を展示してある

ー『若きパルク』。萩原朔太郎『月に吠える』。
1918年 日本、シベリア出兵。ドイツ降伏。ツァラ『ダダ宣言』。ロスタン、アポリネール、ドガ没。
1919年（48歳） 第三インターナショナル成立。フランス、8時間労働制採用。ヴェルサイユ条約。サクレ・クール寺院完成。リヴィエールを主幹としてNRF誌復刊。コクトー『ポトマック』。ジッド『田園交響楽』。プルースト「花咲く乙女たちのかげに」でゴンクール賞受賞。

1月、オスマン通りの建物が銀行家に売却され、引越を余儀なくされる。一時知り合いの女優所有のアパルトマンに身を寄せて転居先を探す。

6月、ガリマール書店から『花咲く乙女たちのかげに』『スワン家のほうへ・新版』『模作と雑録』を刊行。

10月、アムラン通り44番地6階に転居する（いまは三つ星ホテルになっている）。

12月、『花咲く乙女たちのかげに』にゴンクール賞が授与される。ロラン・ドルジュレスの戦争小説『木の十字架』を6票対4票で破った受賞だった。

1920年（49歳） 国際連盟創設。ドイツ、労働者党をナチスと改名。フランス共産党成立。国立民衆劇場創立。アラン『藝術論集』。ブルトン、スーポー『磁場』。コレット『シェリ』。マックス・ウェイバー、モディリアーニ没。

7月、『花咲く乙女たちのかげに』豪華版刊行。

10月、『ゲルマントのほうⅠ』刊行。

1921年（50歳） 中国共産党成立。アナトール・フランス、ノーベル文学賞受賞。

4月、「ゲルマントのほうⅡ」「ソドムとゴモラⅠ」を1巻本で刊行。

1922年（51歳） エジプト独立。日本共産党成立。エリオット『荒地』。ロラン『魅せられたる魂』（～1933）。マルタン・デュ・ガール『チボー家の人々』。

4月、『ソドムとゴモラⅡ』刊行。

11月はじめ、気管支炎から肺炎を併発。ロベールは入院加療を薦

ペール・ラシェーズ墓地にあるプルーストの墓

めるがプルーストは拒む。18日朝4時半、息を引き取る。
11月21日、サン・ピエトロ・ド・シャイヨ教会で葬儀。プルーストが愛したラヴェル「亡き王女のためのパヴァーヌ」が演奏される。
22日、ペール・ラシェーズ墓地に埋葬。当初は、マリー・ノードリンガーが作った父親のメダイヨンが飾られていたが、その後新たに作り直され、現在の墓所になった。父母、弟夫婦もともに眠っている。

1923年　ラディゲ『肉体の悪魔』。(このあとは、主な作品のみ記す)
『ソドムとゴモラⅢ　囚われの女』印刷完了。

1924年　ヴァレリー『ヴァリエテ』。マン『魔の山』。クローデル『繻子の靴』。

1925年　ジッド『贋金作り』。フランソワ・モーリアック『愛の砂漠』。ウルフ『ダロウェイ夫人』。フィッツジェラルド『華麗なるギャッツビー』。カフカ『審判』。仏訳フロイト『夢判断』。
『消え去ったアルベルチーヌ』印刷完了。

1926年　モンテルラン『闘牛士』。コクトー『オルフェ』。ヘミングウェイ『陽はまた昇る』。カフカ『城』。

1927年　ウルフ『灯台へ』。カフカ『アメリカ』。ハイデッガー『存在と時間』第一部。モーリアック『テレーズ・デスケールー』。マッコルラン『霧の波止場』
『見いだされた時』『時評集』刊行。

1935年　弟ロベール・プルースト死去。

1952年　『ジャン・サントゥイユ』刊行。

1954年　『サント・ブーヴに反論する　新雑録集』、プレイヤード版『失われた時を求めて』全3巻刊行。

1970年　『マルセル・プルースト書簡全集』21巻刊行開始(1993年完結)。

1971年　プレイヤード版『ジャン・サントゥイユ』1巻本、同版『サント・ブーヴに反論する』1巻本刊行。

1984年　邦訳『プルースト全集』(筑摩書房)別巻と合わせ、19巻刊行(〜1999年)。

1987年　プレイヤード版『失われた時を求めて』全4巻刊行(〜1989年)
グラッセ版『消え去ったアルベルチーヌ』刊行。

文献目録

＊ 主として比較的近年に刊行されたものを中心にした。戦前の文献は省略した。
＊ 数種類の版があるときは、もっとも入手しやすいものを記した。
＊ 新装版が出ているものもあり、また、電子書籍になって再び発売されているものもあることから、発行年は省略した。あくまで一般書であり、書名と著者名があればすぐに検索できる時代ゆえの省略である。

I プルーストの作品

『失われた時を求めて』
淀野隆三・井上究一郎・中村真一郎・伊吹武彦・生島遼一・市原豊太訳（新潮社）13 冊
井上究一郎訳（ちくま文庫）10 冊
鈴木道彦訳（集英社文庫）13 冊
吉川一義訳（岩波文庫）14 冊
高遠弘美訳（光文社古典新訳文庫）14 冊（刊行中）
高遠弘美訳『消え去ったアルベルチーヌ』（光文社古典新訳文庫）＊ 1987 年に刊行されたグラッセ版。

【他の作品】
『プルースト全集』補巻と合わせ 19 冊（筑摩書房）
『楽しみと日々』岩崎力訳（岩波文庫）
『プルースト評論選　Ⅰ文学篇』保苅瑞穂編（ちくま文庫）
『プルースト評論選　Ⅱ芸術篇』保苅瑞穂編（ちくま文庫）
『プルースト文芸評論』鈴木道彦編（筑摩叢書）
『プルースト訳ジョン・ラスキン　胡麻と百合』吉田城訳（筑摩書房）
『プルースト・母との書簡』権寧訳（紀伊國屋書店）

II プルースト関連書籍

・ 青木幸美『《時間》の痕跡──プルースト『失われた時を求めて』全 7 篇をたどる　上下』（社会評論社）
・ 阿部宏慈『プルースト　距離の詩学』（平凡社）
・ 荒原邦博『プルースト、美術批評と横断線』（左右社）
・ セレスト・アルバレ『ムッシュー・プルースト』三輪秀彦訳（早川書房）
・ 石木隆治『プルースト』（清水書院）
・ 井上究一郎『マルセル・プルーストの作品の構造』（河出書房新社）
・ 井上究一郎『忘れられたページ』（筑摩書房）
・ 井上究一郎『ガリマールの家』（ちくま文庫）

・井上究一郎『幾夜寝覚』（新潮社）
・井上究一郎『かくも長い時にわたって』（筑摩書房）
・井上究一郎『井上究一郎文集 2「プルースト篇」』（筑摩書房）
・牛場暁夫『マルセル・プルースト──『失われた時を求めて』の開かれた世界』（河出書房新社）
・エドマンド・ウィルソン『アクセルの城』土岐恒二訳（ちくま学芸文庫）
・メアリアン・ウルフ『プルーストとイカ──読書は脳をどのように変えるのか？』小松淳子訳（インターシフト）
・海野弘『プルーストの部屋──『失われた時を求めて』を読む』（中央公論社）
・海野弘『プルーストの浜辺──『失われた時を求めて』再読』（柏書房）
・ミシェル・エルマン『評伝マルセル・プルースト──その生の軌跡』吉田城訳（青山社）
・小黒昌文『プルースト　芸術と土地』（名古屋大学出版会）
・鹿島茂『『失われた時を求めて』の完読を求めて「スワン家のほうへ」精読』（PHP 研究所）
・川中子弘『プルースト的エクリチュール』（早稲田大学出版部）
・木下長宏『舌の上のプルースト』（NTT 出版）
・工藤庸子『プルーストからコレットへ　いかにして風俗小説を読むか』（中公新書）
・ジュリア・クリステヴァ『プルースト──感じられる時』中野知律訳（筑摩書房）
・ジュリア・クリステヴァ他『プルーストと過ごす夏』國分俊宏訳（光文社）
・黒岩俊介『聖堂の現象学──プルーストの『失われた時を求めて』にみる──』（中央公論美術出版）
・駒井稔他『文学こそ最高の教養である』（光文社新書）＊本書の訳者の講演記録が収録されている。
・坂本浩也『プルーストの黙示録　『失われた時を求めて』と第一次世界大戦』（慶應義塾大学出版会）
・ミシェル・シュネーデル『プルースト　母親殺し』（白水社）
・鈴木道彦『プルーストを読む──『失われた時を求めて』の世界』（集英社新書）
・鈴木道彦『マルセル・プルーストの誕生（新編プルースト論考）』（藤原書店）
・鈴木道彦『プルースト『失われた時を求めて』を読む』（NHK 出版）
・鈴木道彦『プルースト論考』（筑摩書房）
・鈴村和成『ヴェネツィアでプルーストを読む』（集英社）
・ジャン=イヴ・タディエ『評伝プルースト　上下』吉川一義訳（筑摩書房）
・田中良『プルースト的気象学──『失われた時を求めて』を読む』（近代文藝社）
・ジョゼフ・チャプスキ『収容所のプルースト』岩津航訳（共和国）
・中条省平『人間とは何か──偏愛的フランス文学作家論』（講談社）
・塚越敏『創造の瞬間──リルケとプルースト』（みすず書房）
・辻原登『熊野でプルーストを読む』（ちくま文庫）

・セルジュ・ドゥブロフスキー『マドレーヌはどこにある――プルーストの書法と幻想』綾部正伯訳（東海大学出版会）
・津川廣行『象徴主義以後――ジイド、ヴァレリー、プルースト』（駿河台出版社）
・土田知則『現代思想のなかのプルースト』（法政大学出版局）
・ジル・ドゥルーズ『プルーストとシーニュ』〈新訳〉宇野邦一訳（法政大学出版局）
・中野知律『プルーストと創造の時間』（名古屋大学出版会）
・中野知律『プルーストとの饗宴』（水声社）
・中村栄子『小説の探究――ジード・プルースト・中心紋』（駿河台出版社）
・中村真一郎『西洋文学と私』（三笠書房）
・中村真一郎『小説の方法　私と「二十世紀小説」』（集英社）
・ジャン・ジャック・ナティエ『音楽家プルースト――『失われた時を求めて』に音楽を聴く』斎木真一訳（音楽之友社）
・ウラジーミル・ナボコフ『ナボコフの文学講義』野島秀勝訳（河出書房新社）
・根本美作子『眠りと文学――プルースト、カフカ、谷崎は何を描いたか』（中公新書）
・長谷川富子『モードに見るプルースト――『失われた時を求めて』を読む』（青山社）
・葉山郁生『プルースト論　その文学を読む』（響文社）
・原田武『プルーストと同性愛の世界』（せりか書房）
・原田武『プルースト　感覚の織りなす世界』（青山社）
・原田武『プルーストに愛された男』（青山社）
・ブラッサイ『プルースト／写真』上田睦子訳（岩波書店）
・ジョルジュ・プーレ『プルースト的空間』山路昭・小副川明訳（国文社）
・シャルル・ブロンデル『プルースト』吉倉範充・藤井春吉訳（みすず書房）
・ジョージ・D・ペインター『マルセル・プルースト　伝記　上下』岩崎力訳（筑摩書房）
・サミュエル・ベケット『ジョイス論・プルースト論　ベケット詩・評論集』高橋康也他訳（白水社）
・保苅瑞穂『プルースト・印象と隠喩』（ちくま学芸文庫）
・保苅瑞穂『プルースト・夢の方法』（筑摩書房）
・保苅瑞穂『プルースト　読書の喜び　私の好きな名場面』（筑摩書房）
・星谷美恵子『「失われた時を求めて」における父親像　許しとエクリチュールの間に』（彩流社）
・アラン・ド・ボトン『プルーストによる人生改善法』畔柳和代訳（白水社）
・堀辰雄『堀辰雄全集』（筑摩書房他）＊出版社によって巻は違うがすぐれたプルースト論がいくつかある。青空文庫で読むことができる。
・アンヌ・ボレル他『プルーストの食卓』柴田都志子訳（JICC 出版局）
・エドマンド・ホワイト『マルセル・プルースト』田中裕介訳（岩波書店）
・真屋和子『プルーストの美』（法政大学出版局）

・真屋和子『プルースト的絵画空間――ラスキンの美学の向こうに』（水声社）
・真屋和子『「隠された技法」あるいはプルーストの文体』（慶應義塾大学出版会）
・増尾弘美『プルースト――世紀末を越えて』（朝日出版社）
・ポール・ド・マン『読むことのアレゴリー――ルソー、ニーチェ、リルケ、プルーストにおける比喩的言語』土田知則訳（岩波書店）
・武藤剛史『マルセル・プルースト　瞬間と永遠の芸術』（２２世紀アート）
・武藤剛史『印象・私・世界　『失われた時を求めて』の原母体』（水声社）
・武藤剛史『心はどこに在るか　プルースト、サン゠テグジュペリ、まどみちお』（水声社）
・ジャン・ムートン『プルースト』保苅瑞穂訳（ヨルダン社）
・室井光広『プルースト逍遙――世界文学シュンポシオン』（五柳書院）
・アンドレ・モーロワ『プルーストを求めて』井上究一郎・平井啓之訳（筑摩叢書）
・湯沢英彦『プルースト的冒険――偶然・反復・倒錯』（水声社）
・吉川佳英子『『失われた時を求めて』と女性たち　サロン・芸術・セクシュアリティ』（彩流社）
・吉川一義『プルースト美術館――『失われた時を求めて』の画家たち』（筑摩書房）
・吉川一義『プルーストの世界を読む』（岩波書店）
・吉川一義『プルーストと絵画――レンブラント受容からエルスチール創造へ』（岩波書店）
・吉川一義『プルースト「スワンの恋」を読む』（白水社）
・芳川泰久『謎とき『失われた時を求めて』』（新潮選書）
・吉田健一『書架記』（中公文庫）
・吉田城他『身体のフランス文学　ラブレーからプルーストまで』（京都大学学術出版会）
・吉田城『『失われた時を求めて』草稿研究』（平凡社）
・吉田城『神経病者のいる文学――バルザックからプルーストまで』（名古屋大学出版会）
・吉田城『プルーストと身体――『失われた時を求めて』における病・性愛・飛翔』吉川一義編（白水社）
・吉田秀和『ヨーロッパの響、ヨーロッパの姿』（中公文庫）
・アンリ・ラクシモヴ『失われたパリを求めて――マルセル・プルーストが生きた街』岩野卓司・吉川佳英子訳（春風社）
・ロジェ・ラポルト『プルースト／バタイユ／ブランショ――十字架のエクリチュール』山本光久訳（水声社）
・ジャック・リヴィエール『フロイトとプルースト』岩崎力訳（彌生書房）
・ジョナ・レーラー『プルーストの記憶、セザンヌの眼――脳科学を先取りした芸術家たち』鈴木晶訳（白揚社）

- 和田章男『プルースト　受容と創造』（大阪大学出版会）

Ⅲ その他

- フィリップ・ミシェル=チリエ『事典　プルースト博物館』保苅瑞穂他（筑摩書房）
- 『『失われた時を求めて』登場人物事典』プルースト事典編集室編（東京新聞出版局制作）＊井上究一郎訳に基づく。
- 『プルーストの花園　詞画集』鈴木道彦編（集英社）
- 『プルースト　花のダイアリー』鈴木道彦編（集英社）
- 『プルースト詩集　画家と音楽家たちの肖像』窪田般弥編（コーベブックス）
- ハロルド・ピンター『戯曲『失われた時を求めて』』霜康司訳（文芸社）
- 『ヴィスコンティ=プルースト――シナリオ「失われた時を求めて」』大條成昭訳（筑摩書房）
- 中村真一郎『失われた時を求めて　ラジオロマン』（筑摩書房）
- ステファヌ・ウエ『失われた時を求めて　フランスコミック版　スワン家のほうへ』中条省平訳（祥伝社）＊同じ作者と訳者による白夜書房版はかつて2巻まで刊行された。

訳者紹介

明治大学商学部教授、フランス文学者。早稲田大学大学院文学研究科博士課程修了。著書に『プルースト研究』（駿河台出版社）、『七世竹本住大夫　限りなき藝の道』（講談社）、『物語　パリの歴史』（講談社現代新書）、訳書にプルースト『消え去ったアルベルチーヌ』『失われた時を求めて』（全14巻刊行中／ともに光文社古典新訳文庫）、レアージュ『完訳　Oの物語』（学習研究社）、ロミ『完全版　突飛なるものの歴史』（平凡社）など多数。

プルーストへの扉

二〇二二年一月一〇日　印刷
二〇二二年二月五日　発行

著者　ファニー・ピション
訳者　©高《たか》遠《とお》弘《ひろ》美《み》
装丁者　細野綾子
発行者　及川直志
印刷所　株式会社精興社
発行所　株式会社白水社

東京都千代田区神田小川町三の二四
電話　営業部〇三（三二九一）七八一一
　　　編集部〇三（三二九一）七八二一
振替　〇〇一九〇-五-三三二二八
郵便番号　一〇一-〇〇五二
www.hakusuisha.co.jp

乱丁・落丁本は、送料小社負担にてお取り替えいたします。

株式会社松岳社

ISBN978-4-560-09822-6
Printed in Japan